E scopro che sorrido se ti vedo

CATERINA O. LEONE

Questo romanzo è un'opera di fantasia. Nomi, personaggi, luoghi e
avvenimenti sono frutto dell'immaginazione dell'autrice o sono usati
in modo fittizio.
Qualunque somiglianza con fatti, luoghi o persone reali, esistenti o
esistiti, è casuale.

A mia sorella Georgia

Una donna che non sia stupida, presto o tardi, incontra un rottame umano e si prova a salvarlo. Qualche volta ci riesce. Ma una donna che non sia una stupida, presto o tardi trova un uomo sano e lo riduce a rottame. Ci riesce sempre.

Cesare Pavese, *Il mestiere di vivere. Diario 1935-1950*

Dallo sventurato campionario sentimentale di Olivia Romano

Esemplare n. 1

2008

Fortunatamente, a casa non c'è nessuno.

Olivia attraversa in punta di piedi il salotto popolato di sculture in acciaio e nudi angoscianti, trascinando con sé Federico, che le tiene la mano saldamente.

Il primo amore: quale ebrezza, quale gioia, quali farfalle nello stomaco!

Olivia e Federico stanno insieme da appena due mesi, ma hanno già pianificato il rapporto a distanza che si renderà necessario quando lui, dopo il diploma, si trasferirà negli Stati Uniti per frequentare l'università. Tutto sembra possibile se c'è l'amore, o no? E il loro è decisamente amore.

Olivia lo sa, lo sente. Ha aspettato diciotto lunghi anni, molto più di qualsiasi sua compagna di classe, ma finalmente il Principe Azzurro è arrivato. Eccolo: Federico è bello, socievole, intelligente – è semplicemente perfetto.

Olivia strattona impaziente il fidanzatino, invitandolo a entrare in camera da letto. Forse, oggi, oltre ai soliti baci innocenti…

Federico, però, resta immobile, si guarda intorno alla ricerca di qualcosa.

«Che ti prende?» domanda Olivia. Normalmente evita di esibirsi in sorrisi aperti per limitare l'esposizione dell'apparecchio che, ahimè, le costella d'argento la dentatura, ma ora, notando il turbamento del ragazzo, prova a infondergli serenità.

«Sei proprio certa non ci sia nessuno?» chiede Federico, guardingo.

«Sì. Mio padre è in tournée, Vittorio gioca a tennis…»

«E tua madre?»

Olivia si stringe nelle spalle. «Non lo so, non c'è», constata paziente, indicando la sala con un ampio gesto della mano. «Sarà ancora in galleria.»

«Come?» si ostina Federico. «Mi hai detto che tutti i giorni dalle 5 in poi è a casa!»

«Sei così dolce! Ti preoccupi che ci sorprenda insieme e pensi male di te!»

Olivia abbraccia il fidanzato e lo bacia con rinnovata passione.

Federico risponde al bacio freddamente. «Olli, senti, quasi quasi vado a casa a studiare; ho la versione di greco, domani», dice, staccandosi da lei, prima di congedarsi frettolosamente e uscire dall'appartamento.

Per la cronaca, Federico non è dolce e non è preoccupato del giudizio della madre di Olivia; al contrario, gli dispiace non averla incontrata.

Ma Olivia ancora non lo sa, non l'ha capito. Sarà dura quando scoprirà che il suo primo amore ha una cotta incontrollabile per sua madre.

Esemplare n. 2

2010

Olivia ha 20 anni e la sua vita sta andando nella giusta direzione.

Certo, è rimasta molto sola da quando Adelaide, la sua unica amica, si è trasferita all'estero per studiare, così come le poche compagne con cui aveva legato al liceo. E va bene, sì, non ha esattamente scelto in totale libertà la facoltà – troppo indecisa sul da farsi, è stata "indirizzata" da sua madre, che l'ha iscritta, senza interpellarla, a Scienze dei Beni Culturali nella speranza che un giorno possa aiutarla a gestire la galleria d'arte.

Nonostante tutto, non va affatto male; studiare le piace e può sempre uscire con suo fratello Vittorio e i suoi amici.

Anzi, è con loro proprio in questo istante, mentre, ottimista, fissa il cellulare in attesa di un messaggio. I ragazzi stanno conducendo un complesso esperimento chimico che prevede l'introduzione di mentine in una bottiglia di Coca-Cola Light: hanno scoperto un video su YouTube e dicono che l'effetto sarà "esplosivo", metaforicamente e letteralmente.

«Dovreste farli fuori, all'aperto, i vostri esperimenti», intima loro Olivia.

Inutile, tanto non l'ascoltano mai. Suo fratello è un caso perso; i due amici, invece, danno sporadici segni di intelligenza – Leopoldo Benedetti è un abile atleta, Gregorio Negri è il primo del corso – ma, quando sono insieme, sembra che tra le tre teste si verifichino strane osmosi e scissioni di neuroni che li trasformano in un trio di minorati mentali.

Finalmente, il telefono di Olivia emette una leggera vibrazione per notificarle l'arrivo di un messaggio. *Il messaggio.*

Ha conosciuto Oliviero pochi giorni fa, mentre studiava in biblioteca. Erano seduti vicini e lui aveva bisogno di un caricabatteria: i loro BlackBerry si sono rivelati compatibili – come i proprietari, del resto. Olivia e Oliviero hanno riso dell'improbabile omonimia, hanno interrotto il pomeriggio di studio con troppe pause e, quando la biblioteca ha chiuso, lui l'ha invitata a mangiare una pizza. Hanno passeggiato per ore in una Milano complice e lui l'ha baciata in uno degli scorci più suggestivi della città: Piazza Sant'Alessandro. Che classe, eh? Oliviero l'ha riaccompagnata a casa e le ha chiesto il numero di telefono prima di congedarsi.

A Olivia è parso di camminare sulle nuvole per giorni, anche se, poi, Oliviero non si è fatto sentire.

Allora ci ha pensato lei. Un approccio un po' anticonvenzionale, ma che importanza ha quando si tratta di vero amore? E una storia che inizia in modo così romantico… non è forse vero amore?

Olivia ha preso coraggio e si è fatta avanti, scrivendogli un messaggio semplice per proporgli di rivedersi presto.

Grazie ancora per la bella serata 😊 Ti va un gelato in settimana?

Lui ci ha messo qualche ora a rispondere, ma, infine, ecco l'atteso verdetto.

Olivia apre trepidante l'SMS e sbatte le palpebre più volte per assicurarsi di leggere correttamente la risposta:

MMM

Ricontrolla il messaggio che gli ha scritto, credendo di essersi espressa male, ma le sembra tutto chiaro.

Solleva lo sguardo dal cellulare e osserva i tre ragazzi davanti a lei: Gregorio sta sezionando le Mentos con precisione chirurgica per esaminarle al piccolo microscopio del Dottor Benedetti, mentre Leopoldo e Vittorio si tirano delle sberle in un angolo della camera.

«Ehi, scusate, ho bisogno del vostro aiuto», li interrompe Olivia, alzandosi in piedi sul letto di Leopoldo per attirare l'attenzione. I tre la guardano un po' sorpresi.

«Allora, supponete che una ragazza vi scriva per proporvi di mangiare un gelato insieme...»

Gli amici continuano a fissarla con occhi vacui.

«Hai invitato uno a uscire?» chiede Leopoldo, sbalordito.

Lei annuisce. «Cosa c'è di male?»

Leopoldo si stringe nelle spalle. «Non so, è strano. Io non uscirei con una che prende l'iniziativa.»

«Perché no?» domanda Olivia, con panico crescente. Forse dovrebbe usare la loro stramba amicizia per farsi guidare dai tre sul giusto modo di procedere. Non saranno i migliori rappresentanti del misterioso universo maschile, ma ne fanno comunque parte e possono darle accesso a un punto di vista che lei non riuscirà mai a decifrare.

«Troppo carattere», dice Leopoldo con semplicità.

«Ti ha risposto, il fanciullo?» verifica Gregorio, aggiustandosi gli occhiali sul naso con aria seria e meditabonda.

Olivia annuisce e mostra loro il telefonino.

«*Emme emme emme*», legge Vittorio ad alta voce.

«Già! Cosa vuol dire?» domanda Olivia, sperando di ottenere la chiave interpretativa che le aprirà le porte della felicità sentimentale.

«*Mmm…* Sembra il suono che fa uno quando riflette: *MMM…*» dimostra Leopoldo, muggendo.

«Forse è un acronimo e ogni lettera sta per una parola», suggerisce Gregorio, amante dell'ermeneutica. «*Magari, Meglio… Mai?*» azzarda.

Olivia sospira, sconsolata.

Il suo gemello ha già ripreso l'Operazione Mentos e afferma senza guardarla: «Senti, Olli, io non sono un campione di normalità, ma questa risposta è davvero una cacata. Cercatene un altro.»

Mentre la bottiglia di Coca-Cola farcita di Mentos esplode, la verità scoppia in faccia a Olivia: non è vero amore.

Esemplare n. 3
2016
Olivia è una giovane donna indipendente, niente la può intimorire.

Lavora in una rivista di moda da un paio di anni e ha presto raggiunto uno stipendio che le ha consentito di accendere un mutuo e andare a vivere da sola. Con cura, ha cercato, ristrutturato e arredato un piccolo ma confortevole appartamento in un quartiere in voga di Milano e non sta più nella pelle all'idea di poterlo mostrare a Luigi. È lui la persona con cui vorrebbe condividere questo momento unico: la prima sera nella sua nuova casa.

Luigi è bello, ha classe, ha successo; ed è suo.

Tutto è impeccabile: Olivia ha ordinato del sushi gourmet e stappato una bottiglia di vino fresco, bianco. Indossa un tubino e dei tacchi vertiginosi solo per Luigi, per la loro serata speciale.

Mentre sorseggia un calice di Falanghina ghiacciata, controlla l'orologio. Strano, Luigi dovrebbe già essere lì.

Il suo fidanzato è *quasi* perfetto, si trova a constatare. Anche lui ha dei difettucci: è spesso in ritardo, cosa che la disturba moltissimo – lei può farsi attendere, ma che le tocchi aspettare è inaccettabile. Inoltre, Luigi vive ancora dai suoi, nonostante abbia 34 anni e un buon lavoro in banca. Ma, adesso, lei ha una casa tutta sua… Chissà! Cinque mesi di frequentazione sono pochi per andare a convivere? No, se si tratta di amore vero. E questo lo è. Questo, davvero, lo è.

Alle 20.30 Luigi la chiama. Olivia guarda stupita lo schermo del telefono: dovrebbe essere con lei da un bel pezzo.

«Olli, scusami tanto! Volevo dirti che non riesco a venire da te, stasera.»

«Oh, ok. Va tutto bene? È successo qualcosa?»

«No, no… Non ti preoccupare», risponde Luigi con voce serena. «È che mamma mi ha fatto una sorpresa, ha cucinato la parmigiana di melanzane; mi prende sempre per la gola!»

«Ah… Certo.»

«Inauguriamo domani il tuo appartamento?»

«Va bene», acconsente rassegnata.

Se non altro, Luigi è sincero. Non sta nascondendo nulla: è veramente più interessato alla parmigiana di melanzane che alla nuova casa della sua ragazza.

Olivia ci metterà altri due mesi a capire che non è vero amore.

Esemplare n. 4
2018

Olivia e Francesco stanno insieme da dieci mesi. La storia è iniziata in modo poco ortodosso: Francesco era il suo analista, ma si sono innamorati e, si sa, quando è vero amore, c'è poco da fare. Non importano l'età, la condizione sociale, le circostanze – contano solo i sentimenti e ciò che suggeriscono.

Francesco ha anche il vantaggio di essere al corrente di tutto quello che c'è da sapere su Olivia, che almeno stavolta non è costretta a fingere: non deve necessariamente mostrarsi forte e inscalfibile, può scoprire le sue fragilità e sa che lui non scapperà, perché le conosce già.

Olivia è sorpresa di vederlo entrare a casa con un gatto sotto il braccio. È un bellissimo cucciolo con gli occhi gialli e il pelo grigio antracite, un Certosino – Olivia, tuttavia, lo ignora, perché non sa niente di quadrupedi. Se proprio volessimo essere precisi, dovremmo constatare che sa molto poco anche di bipedi, però al momento ci interessa indagare il suo rapporto con gli animali – un rapporto decisamente difficile.

«Fra, cosa ci fai con un gatto?»

Francesco sorride con la bocca, ma gli occhi sono un misto di terrore e apprensione. «È per te! L'ho chiamata Holly.»

Olivia lo osserva stupita: perché le sta regalando un gatto?

Francesco continua a guardarla con aria preoccupata. «Ascolta, Olli, dobbiamo parlare.»

Olivia capisce all'istante – è capitato così tante volte – che quell'espressione e la stranezza del comportamento di Francesco preannunciano l'abbandono. Di recente, ha anche smesso di chiedersi che cosa fa di male per farsi lasciare, ogni singola volta: persino quando il fidanzato di turno rasenta l'improponibilità, è lei a essere piantata in asso.

Francesco illustra con voce calma e parole scelte le numerose ragioni per cui devono concludere la relazione. Lo fa meglio di qualunque altro uomo l'abbia mollata in passato – d'altronde è un analista, se non ci sa fare lui con le persone…

«Perché il gatto?» chiede Olivia tra le lacrime. «Cos'è, un modo per indorare la pillola?» Piange senza ritegno, ma che importa ora? Nell'ennesimo momento in cui realizza che, anche questo, non è vero amore.

«Credo ti farebbe bene avere un po' di compagnia.»

Sola.

Olivia è consapevole di essere sola. Non ha amiche e i suoi genitori, due persone eccessivamente assorbite dalla loro storia d'amore, non sono mai stati un reale punto di riferimento. Francesco sa tutto questo, ha esaminato con lei ogni aspetto problematico della sua vita.

«Ma perché proprio un gatto?» insiste lei disperata, cercando di dare un senso a qualcosa – qualsiasi cosa. «Perché non un cane, o un coniglio, o… un pappagallino?»

Francesco si guarda intorno, un po' a disagio. «Mi sembravi più tipa da gatto», ammette.

Ecco l'ulteriore prova che questo non è assolutamente amore: perché Francesco avrà anche analizzato lei, la sua vita e l'intera famiglia, ma in quasi un anno di relazione non ha capito proprio niente di Olivia.

Lei odia i gatti.

1. Olivia

Come faccio a fare un servizio su uno dei "40 *under* 40" e renderlo credibile, se l'uomo da copertina in questione ha una crisi di mezza età anticipata? Un mistero che mi toccherà risolvere entro la fine della giornata, perché non posso certo mandare queste foto in redazione e non posso nemmeno scrivere l'articolo con le risposte che Gregorio Negri mi sta dando.

«Allora… Come ti vedi tra cinque anni?» domando al mio amico di vecchia data, che siede su uno sgabello di fronte a me, circondato dal fondale bianco dello studio fotografico.

Quando devo fare servizi su persone interessanti ma non ho effettivamente nessuno di cui scrivere, faccio appello ai miei amici e conoscenti. Di amici non ne ho molti, quindi cerco di centellinare la richiesta di favori; di conoscenti, invece, ne ho tantissimi, ma non sono mai un aiuto assicurato a meno che non ti debbano qualcosa indietro.

Il settimanale femminile per cui lavoro si propone di presentare in ogni numero un personaggio maschile di spicco. Non è una sezione particolarmente originale, ma funziona sempre. Géraldine, la mia capa, aveva previsto di intervistare Ronny Blanco, un importante ereditiere dell'industria dell'acciaio, appetibile single e filantropo, ma ieri è scoppiato uno scandalo che ha rivelato il suo coinvolgimento in giri di droga e, ovviamente, un servizio che lo decantava non è più stata un'opzione perseguibile. Così, Géraldine ha chiamato me per coprire un servizio di quattro pagine da completare in tempi record. Il personaggio che sono riuscita a trovare all'ultimo minuto, però, non è mica tanto di spicco: si tratta di un aspirante politico, che, non riuscendo a fare politica, si è associato allo studio di architettura di mio fratello; si è sposato a 27 anni, ha fatto un figlio a 28 e a 29 è stato piantato dalla moglie per un cantante trap. Ed è il meglio che sono riuscita a scovare: d'altronde, quando si lavora per una rivista che ha ritmi di pubblicazione ben precisi, si impara a fare quel che si può, nel tempo che si ha a disposizione.

Géraldine mi interpella ogni volta che deve tappare un buco come questo: sa che sono efficiente, che me la cavo con poco e che amo la rivista tanto da riuscire a inventarmi qualsiasi cosa pur di portare a termine il lavoro.

«Gregghi… Dai fammi un sorriso», intimo al mio amico, interpretando i malumori del fotografo che accanto a me continua a borbottare: "Io, così, non posso lavorare". «Allora, dimmi: dove ti vedi tra cinque anni?»

Greg mi guarda con aria persa. «Non lo so, Olli…» dice, massaggiandosi la fronte.

«Forse ti vedi in Parlamento?» suggerisco entusiasta.
«Sì, secondo me ti vedi proprio in Parlamento», annuisco,
appuntando sulle note del mio cellulare:

Parlamento? Inventa

Gregorio si scioglie in un'umiliante sequenza di
singhiozzi davanti a me, al fotografo, all'assistente e alla
truccatrice.

Povero Greg! Un uomo gentile, brillante, all'antica – il
sogno di qualunque donna. Ha un repertorio di
accortezze da vero e proprio _gentleman_ d'altri tempi, è un
ottimo padre ed è stato un marito premuroso. Non
meritava proprio di essere mollato così!

So che avrei dovuto lasciarlo in pace in questo
momento, ma purtroppo non sapevo proprio a chi altro
chiedere. Il mio gemello Vittorio si è già prestato – in due
anni diversi, incluso quello corrente – per il medesimo
servizio, così anche l'altro suo amico, Leopoldo. Mio
padre ha superato i 40 anni già da un po', i lettori
potrebbero saperlo visto che è un musicista famoso e,
comunque, la truccatrice mi ha detto che non c'era modo
di farlo sembrare un trentacinquenne se non
sottoponendolo a un lifting. Quindi ho dovuto
convincere Greg... Ma, forse, avrei fatto prima a
travestirmi da uomo e ad auto-intervistarmi. Lo appunto
sul telefono come idea per la prossima volta.

«Non lo posso fotografare così, Holly...» si lamenta
John, seduto al mio fianco.

John è un ottimo fotografo, ma la pazienza non è il suo
forte. Anche se ha una settantina d'anni, è quanto di più

lontano da un dolce nonnino ci possa essere: è un omone di dimensioni incredibili e già questo basta a incutermi soggezione; per non parlare del fatto che, quando si innervosisce, inizia a parlare valtellinese e io non lo capisco proprio. Credo che il suo vero nome sia Giovanni, ma, per qualche oscuro motivo, qui ci si chiama tutti con nomignoli anglofoni.

«Hai ragione John, hai ragione», riconosco.

Penso. Potrei recuperare delle immagini di Greg dalla mia libreria di foto. Abbiamo passato una vita insieme, ho scatti di lui in ogni situazione.

«John, ti mostro delle foto che ho sul telefono; riesci a dirmi se hanno una risoluzione sufficiente o meno per la versione a stampa della rivista?»

«Certo», risponde, offeso dalla mia domanda.

Che ne so, io? Mica faccio la fotografa! Sono solo la *fidanzata* di un fotografo…

Trovo subito la cartella "Amici": ho foto di Greg che scia, foto di Greg che timona una barca a vela, foto di Greg che inaugura palazzi progettati da mio fratello… Molto meglio di Greg che piange su sfondo bianco.

John osserva le immagini per qualche secondo, con occhio esperto. «Sì, vanno bene.»

Chiamo subito Géraldine per dirle che abbiamo il servizio, mentre Greg continua a singhiozzare sullo sgabello.

«Ah, sei la mia salvezza, Holly. Come sempre, *chérie*», reagisce sollevata la mia capa.

«Figurati. Hai altro per me?»

«Il tuo articolo di otto pagine sulle vacanze di coppia, sui due numeri di agosto, e i soliti post sui social saranno sufficienti. Se poi ho altro, ti chiamo.»

«Va bene. Allora, come ti avevo accennato, vorrei prendermi il pomeriggio libero.»

«Certo, *chérie*, va' a preparare le valigie.»

Il bello di fare questa professione è che non si smette mai di lavorare, soprattutto in una redazione piccola ma in forte espansione come *Ma chérie*. Siamo in pochi e tutti fanno tutto. Géraldine ha reso i giornalisti la voce ufficiale della rivista: siamo noi, con le nostre vite, i nostri feed di Instagram e Facebook a dare voce a *Ma chérie*.

Ho promesso a Géraldine un servizio sulle vacanze di coppia, da scrivere e documentare durante le mie due settimane di vacanza con Luke. Io e il mio fidanzato abbiamo prenotato il soggiorno dei sogni: una spiaggia isolata in Madagascar, trattamenti benessere, cene a lume di candela, champagne…

Mancano solo due giorni alla partenza e non sto più nella pelle!

Prima di lasciare lo studio fotografico, vado ad abbracciare Greg. Mi dispiace così tanto vederlo in questo stato… Spero solo si riprenda presto.

«Adesso devo scappare, tesoro… Ci vediamo domani all'inaugurazione del vostro nuovo palazzo, ok?» domando, sfregandogli la schiena in un gesto di conforto.

«Sì, sì», annuisce, sforzando un sorriso.

A bordo della mia MINI Cooper raggiungo Luke per pranzo. Ci siamo dati appuntamento all'Orchid, una nuova Salad House in Paolo Sarpi, vicino al mio appartamento. Dobbiamo definire gli ultimi dettagli delle vacanze… e poi non ci siamo visti tutto il weekend, ieri non è nemmeno riuscito a partecipare al matrimonio di mio fratello Vittorio e mi è mancato non averlo al mio fianco!

Luke è un fotografo specializzato sul *food*. L'ho conosciuto tre mesi fa su un set – un servizio sui poke migliori di Milano – e da allora è stato tutto in discesa. Anche se a volte non ci vediamo per giorni – siamo entrambi molto impegnati – lui viene da me tre sere a settimana e non ha battuto ciglio quando gli ho proposto di fare le vacanze insieme. Questo mi ha fatto capire che si tratta di vero amore, perché tutti gli altri ragazzi che ho avuto se la sono data a gambe quando ho suggerito viaggi di coppia dopo meno di un anno di relazione – traguardo che, in ogni caso, non ho mai raggiunto.

Comunque, con Luke è tutto diverso. Tanto per cominciare, non si lamenta mai se lo faccio aspettare quando mi preparo – anzi, comprende e condivide la necessità di prendersi cura della propria persona. Poi, anche a lui piace la bella vita, fatta di agi, coccole e comodità. Quando abbiamo iniziato a pianificare la vacanza, è stato un sollievo sapere che non voleva trascinarmi per città d'arte, viaggi *on the road* o scalate di montagna. Un bel resort, una spiaggia, un libro e un buon cocktail. Perfetto, no?

Lo individuo subito tra i tavolini dell'Orchid. I suoi capelli scuri, lucenti e accuratamente tagliati, la sua barba rossiccia perfettamente squadrata, i suoi grandi occhi grigi…

Uh, ha portato anche Dylan, il suo assistente. È un ragazzone grande e grosso che va in giro in skateboard e passa i venerdì sera a giocare a Beer Pong. Dylan è davvero anglofono: è venuto qui dagli Stati Uniti per fare il modello, ma poi ha scoperto il talento e la passione per la fotografia. Luke – che non è americano, non è inglese, non è sudafricano e no, non è nemmeno australiano: è di Rieti – l'ha preso sotto la sua ala e gli sta insegnando tutto quello che c'è da sapere per diventare un fotografo di successo. Per fortuna, Dylan ha imparato l'italiano, altrimenti non saprei proprio come comunicare con lui; la mia conoscenza dell'inglese si limita ai titoli delle canzoni di Beyoncé, alle parole chiave per gli hashtag e a qualche espressione per sopravvivere nell'ambiente della moda.

«Holly», mi salutano entrambi, abbracciandomi e baciandomi.

Mi siedo allegra al tavolo con loro e ordino un'insalata di avocado e semi di chia e un Mint Julep. Non è mia abitudine bere durante il giorno, ma ho avuto una mattinata dura e ho il pomeriggio libero.

«Luke, amore mio, dobbiamo ancora decidere un po' di cose per il nostro viaggio», dico, dopo qualche chiacchera di circostanza.

Mh, ho lo smalto un po' sbeccato. Uso lo smartphone, un'estensione naturale della mia mano, per scrivere a Betty:

Appuntamento per ritocco smalto ASAP!!! Devo essere perfetta per la partenza!

«Sì, Holly, certo. Infatti, volevo proprio parlarti del viaggio.»

Ora che ci penso, non ho ancora postato nulla su Instagram, oggi. «Amore, scusa, ora ne parliamo, prima devo fare un post.»

Avvicino l'elegante ciotola piena di edamame su cui Dylan sta per avventarsi e il bellissimo bicchiere di vetro vintage con il cocktail di Luke, poi metto la mano con lo smalto intatto in quella del mio fidanzato.

Scatto la foto, la carico su Instagram.

-2 alla partenza! Io e Mr Freedom non vediamo l'ora!!! #foodies #holidayswerecoming #loveisintheair #truelove

Ogni tanto devo far sognare i miei follower con pennellate di una vita romantica, ma Luke non vuole mostrarsi insieme a me sui social per ragioni di privacy. Così, sulla mia pagina appaiono solo foto delle sue spalle o delle sue mani – il che non mi dispiace, perché Luke ha delle bellissime mani, sempre pulite e curate. I miei ultimi post sono pieni di una silhouette maschile poco riconoscibile e Luca Liberti è diventato Mr Freedom per le migliaia di sognatrici che mi seguono.

«Eccomi, perfetto. Allora, dicevamo: dobbiamo ancora prendere delle decisioni importanti per il nostro viaggio. Per esempio, la cena della seconda sera. Che cosa te ne pare del ristorante sullo yacht del resort? Ti va di provarla?» domando, mentre rispondo ai commenti dei follower che si accumulano sotto la mia ultima foto. Un'altra cosa che io e Luke abbiamo in comune è che ci piace pianificare tutto, leggere recensioni, sapere a che cosa andremo incontro.

«Holly, fata, ascoltami...» Si ferma per un attimo, quando il cameriere porta il mio *drink*.

Bevo un sorso, assaporando il contrasto sensazionale fra bourbon e menta.

«Fata, ti volevo parlare del viaggio, ma non delle cene», continua Luke. «Holly, mi guardi?»

Sollevo lo sguardo su di lui, che resta in silenzio. Noto che Dylan, seduto al suo fianco, gli stringe appena il braccio.

«Qualcosa non va?» domando preoccupata, afferrandogli l'altro avambraccio.

Luke mi guarda con un sorriso di compassione. «Holly, tesoro... Io ho fatto la mia scelta», mi comunica, prendendo la mano di Dylan.

Aggrotto la fronte. Di che cosa sta parlando?

«Luke?»

«Holly, è stato davvero molto difficile... Voglio dire, io sono platonicamente innamorato di tutti e due, ma con Dylan c'è semplicemente più intesa sessuale.»

«Oh.»

Non so proprio come reagire. Questa non mi era ancora capitata.

«Quindi tu... Tu stavi frequentando... sia me sia... Dylan?» domando, ritirando la mano dal suo braccio e iniziando a massaggiarmi il lobo destro per calmarmi.

Luke annuisce. «Sì, non lo sapevi?»

«Scusa, come potevo saperlo? Me lo hai mai detto?»

«No, ma pensavo fosse chiaro…»

«Chiaro? Come, chiaro?» gli faccio eco, al colmo dell'incredulità.

Guardo Dylan, che mi fissa con i suoi occhioni blu con tanta, tanta simpatia.

«Non so… Per me era sottinteso non fossimo "esclusivi"!» si difende.

«Luke, abbiamo prenotato le vacanze insieme! Che cosa c'è di più esclusivo che pianificare due settimane all'altro capo del mondo, programmando ogni momento della vacanza?»

«Credevo che il viaggio fosse rimborsabile. Non lo è? Perché… se non lo è, ci posso andare con Dylan.»

«Che cosa?» mi sento domandare, mio malgrado.

«Beh, pensavo… Alla peggio ci possiamo andare io e lui. Altrimenti, fata, tu con chi ci vai?»

Bella domanda: io con chi ci vado?

Mah, potrei anche andarci per conto mio… Sì, certo, dovrei trovare qualcuno che mi lasci immortalare la sua figura per fingere sia il mio fidanzato nel servizio sulle vacanze di coppia, ma si potrebbe fare… Però, che cosa ci faccio, sola, due settimane in un resort romantico?

Fare le vacanze da soli dev'essere la cosa più deprimente del mondo; come si fa? Non lo so e non ho proprio voglia di scoprirlo adesso. Potrei impuntarmi, fare dispetto a Luke per quello che mi sta facendo passare ma… a che pro? Servirebbe a qualcosa?

Annuisco. «E va bene», sospiro.

«Grazie, sei proprio un tesoro!»

Mi sento abbracciare come il ripieno di un sandwich da ambo i lati e baciare su entrambe le guance.

Niente. Anche stavolta non era amore vero.

2. Leopoldo

Adrenalina a mille!

Ho discusso una delle cause più importanti della mia carriera – della mia nuova carriera – e ho vinto!

Il penale non faceva per me. Inizialmente mi sembrava fantastico difendere la società dai delinquenti, ma troppo spesso ero costretto ad addentrarmi in questioni che mi facevano rivoltare lo stomaco: omicidi, stupri… Solo guardare le foto dei casi a cui avrei dovuto lavorare mi faceva venire la nausea. Per quanto poco virile possa suonare, non ho retto e, un anno fa, ho scelto di reindirizzarmi verso il diritto ambientale.

Oggi ho combattuto contro un'azienda che voleva costruire una centrale a carbone vicino a una riserva naturale. Robe da pazzi!

Non riesco a star fermo, vorrei andare a correre subito, invece i miei migliori amici mi hanno invitato a pranzo. Greg se la sta passando male e vogliamo tirarlo un po' su prima di perderci momentaneamente di vista durante le vacanze estive.

Li raggiungo in bici ed entro nel ristorante libanese in cui ci siamo dati appuntamento. Un tempo, Vittorio non ci avrebbe mai convocato in un locale che non facesse fiorentine al sangue, ma l'amore l'ha cambiato; è diventato un attento consumatore di prodotti halal, ha rinunciato all'alcol e detto addio alle droghe leggere. Io e Greg chiamiamo sua moglie "Lourdes".

«Non ti chiediamo nemmeno com'è andata l'udienza, dal tuo sorriso è facile predire l'esito», dice Greg, alzandosi dal tavolo e abbracciandomi.

Mi limito a un cenno affermativo e prendo posto tra loro, dando una pacca sulla schiena a Vitto per salutarlo.

«Come va, Greg?»

«Diciamo che… va.»

«Orlando?» chiedo, riferendomi al bimbo di Greg, di appena nove mesi.

Greg sbuffa. «Per fortuna c'è la tata, però, ovviamente, non è la stessa cosa. Da quando sua madre se n'è andata, fa storie per tutto», confessa rassegnato.

«Io l'ho sempre detto, Fabiana è una racchia acida», commenta Vittorio.

«Vitto, così non lo aiuti», puntualizzo.

«Perché, facendogli mille domande su quanto faccia schifo la sua situazione attuale lo aiuti?»

No che non lo aiuto, ma cosa si fa in questi casi? Io non sono la persona più indicata per consolare gli afflitti.

«Vitto ha ragione, cambiamo argomento; tanto, non c'è altro da dire». Lo guardo poco convinto, per cui precisa: «Tranquilli, se ho bisogno di qualcosa ve lo chiedo. Per ora, va tutto bene. Dopodomani andiamo in Liguria con mia madre, porterò Orlando al mare per la prima volta… Sarà una bella estate, non datevi pena per me.»

«Come è andata l'intervista con Olli?» gli domanda Vitto.

«Ti sei fatto intervistare da Olli?» verifico sbalordito.

Greg fa spallucce. «Le serviva un favore…»

Che strega, Olli: il nostro amico sta così e lei lo tortura con i suoi articoli?

Sto per esprimere ad alta voce il mio sconcerto, quando un cameriere si avvicina a noi per prendere le ordinazioni. Dopo aver richiesto tre menu completi – almeno siamo sicuri dell'abbondanza delle porzioni – Greg si volta verso di me: «Raccontaci di te, piuttosto; lavoro a parte, come va?»

«Alla grande! Non vedo l'ora di partire, mi pregusto già la vacanza…»

«E la ragazza con cui uscivi, Stefania… si farà trascinare in Patagonia?»

«No, abbiamo chiuso. Comunque, non vado più in Patagonia, ho dovuto cambiare programma, ma ho trovato un'alternativa interessante. Ho scoperto una riserva naturale…»

«Frena, frena; come "avete chiuso"?»

Mi stringo nelle spalle. «Sapete, no? Era arrivato *quel* momento.»

«Quale momento?»

«Quello in cui la poverina di turno capisce che tra lei e il cane, Leo sceglierà sempre il cane; tra stare con lei e andare a sciare, preferirà sciare; tra fare sesso con lei e rompersi il collo facendo parapendio, troverà più dolce la morte», risponde Vittorio al mio posto.

Purtroppo è così; Stefania è davvero una ragazza meravigliosa, solo che… come posso spiegarlo?

Beh, in realtà Vittorio l'ha già fatto alla perfezione; sottoscrivo ogni parola.

«Mi dispiace… Anche se non l'abbiamo mai vista», riflette Greg.

«Parla per te; io e Ada abbiamo avuto il piacere di incontrarla», rivela Vittorio.

«Quando?» domando stupito. Io e Stefania ci siamo frequentati giusto un paio di mesi, non credo di averla nemmeno fatta vedere in foto ai miei amici…

«Ieri notte», ribatte Vittorio, con espressione dura.

«Cioè… durante la vostra prima notte di nozze?» mi accerto di aver capito bene.

Gli occhi a mandorla di Vitto si chiudono in due fessure ancora più sottili. «Esatto. Durante la nostra prima notte di nozze». Fa una breve pausa. «Immaginate il mio giubilo: sono stato dieci mesi con la donna più bella del mondo, senza poterci andare a letto perché voleva aspettare fino al matrimonio e, quando finalmente sono riuscito a sposarmela, ci irrompe in camera la tua ultima fidanzata a chiedere compulsivamente che cosa avesse fatto di male per farsi lasciare, frignando ininterrottamente.»

«Sono desolato, non la credevo capace di tanto. Non mi sembrava così sconvolta.»

Greg comincia a sghignazzare incredulo e, in questo istante, la sua risata compensa almeno un po' il fatto che Vittorio sia andato in bianco. «Che cosa le hai fatto, Leo? Per prenderla così…»

«Io ho messo in chiaro subito, come sempre, che le relazioni di coppia non sono una mia priorità; è lei che si è incaponita.»

«Beh, schifo non ti poteva fare, hai continuato a frequentarla», sottolinea Vitto.

«Infatti, mi interessava; è una ragazza in gamba, ci stava vederla ogni tanto, passare qualche serata con lei… era piacevole.»

«Ma non più piacevole che farti i fatti tuoi», completa Greg.

«Esatto», annuisco. «Lei sembrava d'accordo, all'inizio. Poi ho capito che non le bastava, allora è stato meglio finirla lì. Voleva presentarmi i suoi, stare ogni minuto con me, conoscere voi…»

«Pensa: che pretese assurde!» ironizza Greg.

«Mi ha persino chiesto di portarla al vostro matrimonio», dico rivolto a Vitto.

«Come vedi, in qualche modo è riuscita a partecipare al giorno più bello della mia vita», afferma lui, stavolta scoppiando a ridere.

«Mi dispiace, spero abbiate recuperato», ammicco, tirandogli un coppino. Inizio a degustare il mio kebab. «Adesso parliamo di cose interessanti: avete prenotato le lezioni di sub per la vostra luna di miele?»

3. Olivia

Dopo essere stata piantata per la milionesima volta – almeno, in questa circostanza il motivo della rottura è oggettivamente valido – sono rientrata in ufficio, dato che fare i bagagli si è reso drammaticamente superfluo. Mi sono chiusa nel bagno del loft in cui ha sede *Ma chérie* e sono scoppiata in un pianto isterico.

Poi mi sono sciacquata la faccia, sistemata il trucco e, tornata alla scrivania, mi sono scervellata diverse ore per trovare una soluzione al mio problema: adesso che cosa faccio? Come lo scrivo un articolo di otto pagine sulle vacanze di coppia, senza un uomo e senza una meta di villeggiatura?

Sì, la fine della relazione con Luke brucia, ma è più una questione di orgoglio ferito che non di sentimenti lesi. Sarà che ci sono abituata, sarà che forse, in fondo, me lo sentivo… Non so, ma non provo profonda disperazione.

L'unico pensiero che mi assilla al momento è il servizio per i prossimi due numeri di *Ma chérie*.

Un pomeriggio di meditazione in ufficio e un'ora e mezzo di pilates con Irina, l'istruttrice più tosta dell'est, non sono serviti a niente. Alle 20, mi sono rassegnata a rincasare priva di idee, augurandomi che la notte porti consiglio.

Una volta entrata nel mio appartamento, lancio le scarpe all'ingresso, mi lego i capelli in una coda e mi butto sul divano. Holly Golightly mi guarda malevola, come sempre.

«Sì, sì, lo so. Devo darti da mangiare… Purtroppo, nonostante tutti i miei sforzi, non riesco a dimenticare la tua esistenza.»

Preferirei starmene sola che con una Certosina crudele e il suo sguardo di perenne disapprovazione. A volte ho l'impressione che in lei dimori lo spirito di mia madre – è ancora in vita, ma, come questo gatto, pare volermi rammentare costantemente che sono un fiasco deambulante.

Il mio ex terapista ed ex fidanzato mi ha regalato la Certosina con il proposito di farmi sentire meno sola, più amata. Beh, sortisce l'effetto opposto: io e questa gatta non ci piacciamo proprio. Ho aggiunto al suo nome originario "Golightly" perché volevo distinguerla da me, e così – tutta nera, magrolina e con il suo atteggiamento principesco – mi ricorda quella sciacquetta di *Colazione da Tiffany* (parlo del personaggio, non della leggendaria Audrey Hepburn!). L'unico aspetto che apprezzo di lei è il suo carattere, indubbiamente molto forte.

Ho tentato di disfarmi della gatta, ma non c'è stato verso: non la vuole nessuno. Non l'ha voluta nemmeno mia cognata, un San Francesco in gonnella, che nel suo agriturismo in campagna ospita animali di ogni genere, incluso mio fratello. Mi toccherà tenermela fin che campa – e camperà a lungo, ve lo dico io. Anzi, probabilmente mi sopravviverà!

Vado nell'antibagno dove tengo le sue cose, verso da mangiare nella ciotola e riempio il contenitore dell'acqua.

Torno nel mio delizioso salottino e rispondo al cellulare che squilla: è Adelaide, mia cognata nonché mia unica amica. Ci siamo perse di vista per anni, ma pochi mesi fa è casualmente ripiombata nella mia vita: la nostra amicizia è subito rifiorita e l'amore tra lei e Vitto è sbocciato rapidamente.

«Se telefoni per raccontarmi della tua prima notte di nozze, ricordati che ti è severamente proibito addentrarti in particolari scabrosi», annuncio.

«Non puoi immaginare che cosa è successo ieri sera.»

«Ada, sul serio, non me la sento di ascoltare un resoconto sulle performance sessuali di mio fratello.»

«Olli, ti dico che si è verificato un fatto assurdo!»

Sbuffo. «Va bene, dimmi.»

«Eravamo da poco entrati in camera da letto, quando abbiamo sentito bussare alla porta.»

«E chi era?»

«Stefania.»

«Stefania, chi?» domando, estraendo dalla borsa la mia pinzetta. Mentre tornavo a casa in macchina ed ero in coda, osservandomi nello specchietto retrovisore, ho notato con sommo sgomento un peletto sul mento, ma il semaforo è subito diventato verde e non ho avuto tempo di strapparlo.

«Come "chi"? Stefania, la ragazza di Leopoldo.»

«Ah, parli della Ragazza Fantasma! Poveraccia, Leo non ha nemmeno voluto portarla al matrimonio.»

«Già; si sono lasciati, quindi lei, disperata, si è intrufolata nel casale. Si è lasciata andare a un pianto che avrebbe sciolto anche una roccia, chiedendoci dove avesse sbagliato e descrivendoci il suo amore per Leopoldo.»

Poverina. Come lei, ne ho viste tante nel corso degli anni.

Noi, le morose di Leo, le conosciamo a relazione conclusa, perché ci rintracciano e vengono a cercare consolazione. Qualcuna si presenta da me in ufficio, sperando di poter ricavare elementi utili a capire i comportamenti di quell'uomo, ma purtroppo non riesco mai ad aiutarle: la vita sentimentale di Leopoldo è come il Triangolo delle Bermuda, non si sa mai che cosa succeda realmente lì dentro ed è comunque meglio non indagare.

«Chissà che cosa ci trovano queste sventurate nell'Incredibile Hulk?» rifletto ad alta voce.

«Leopoldo ha molte qualità», lo difende subito Ada, «e, poi, immagino sia un ragazzo piacente», constata con il suo vocabolario da pensionata.

«Oddio, lo vogliamo davvero definire così? Ha il naso grosso, gli occhi un po' troppo distanti, le spalle leggermente spioventi… ed è eccessivamente pompato», elenco.

«Che cosa dici, Olli? Come fai a sezionare un essere umano in tali, miseri dettagli?»

«Perché, tu lo trovi bello?»

«Non lo so, io non noto queste cose. Però ha un'anima splendida», assicura.

Holly Golightly ha finito di mangiare e mi ha raggiunta in salotto. Noto che mi guarda male – cioè, che mi guarda peggio del solito.

«Se lo dici tu…» mormoro, distratta dalla presenza inquietante di Holly Golightly.

La gatta solleva le zampe rapidamente nell'intento di graffiarmi la gamba, ma le sue unghie restano impigliate ai miei jegging.

«E tu e Luke, come va? È stato strano non averlo con noi al matrimonio, ieri.»

«Non… Aspetta un attimo, Ada», rispondo, mentre tento di liberare le unghie di Holly Golightly dai jeans. Gli artigli di questo animaletto sono così lunghi che si sono uncinati nei pantaloni; non riesce a liberarsi da sola, ma non capisce che sto cercando di aiutarla, quindi si accartoccia ulteriormente su se stessa, graffiandomi mano e avambraccio.

«Ahia! Stronzina che non sei altro!» urlo.

«Oddio, Olli, stai bene?» credo che mi domandi Ada, anche se non ne sono certa perché tutto quello su cui posso concentrarmi è la palla di pelo grigio antracite che continua ad agitarsi contro il polpaccio. Non è che mi dimentichi di tagliarle regolarmente le unghie, è che nessuno è in grado di farlo, nemmeno l'ipnotizzatore che ho ingaggiato sei mesi fa. Il Dottor Giorgi, il veterinario, mi ha detto che l'unico modo di agire è anestetizzarla, una soluzione estrema che lui si rifiuta di considerare, a meno che la gatta non debba effettivamente sottoporsi a un intervento.

Butto il telefono sul divano e inizio a camminare lentamente alla ricerca di una forbice. Temo che il solo rimedio sia tagliare il legging per liberare Holly Golightly.

Compio ampie falcate, con il gatto che striscia sul pavimento, agitandosi; procedo il più adagio possibile per non farle del male, ma di questo passo morirò dissanguata prima di raggiungere la cucina. Quindi, mi tiro giù i legging, riesco a sfilare la gamba libera e, con molta attenzione, anche quella a cui è aggrappata Holly Golightly. Rimango così, in mutande, nel mezzo del salotto, con gli arti leggermente insanguinati.

Butto un occhio all'ingresso del mio appartamento, una porta-finestra che d'estate lascio sempre aperta, sperando che non mi abbia visto nessuno, ma, palesemente, questa non è la mia giornata fortunata: Leopoldo Benedetti, mio dirimpettaio, mi guarda dalla finestra di casa sua e ride come non l'ho mai visto ridere da quando lo conosco.

4. Leopoldo

Un'altra giornata produttiva si è conclusa. Non c'è niente di meglio che una bella corsa al parco con Schumacher, il mio Bracco di Weimar, per scrollarmi di dosso l'adrenalina. Sono ancora carico per la vittoria in aula di stamattina e ho proprio bisogno di sfogarmi.

Terminati sei chilometri di defaticamento, estraggo il cellulare dalla tasca dei pantaloncini e con una mano accarezzo il muso di Schumi. Vedo tre notifiche sulla chat di gruppo che ho con i miei fratelli e la apro, mentre esco da Parco Sempione e cammino verso casa.

Manfredi: Regalo mamma? Il suo compleanno non è dopodomani?

Guglielmo: Sì. Le serve una lampada frontale per correre al buio.

Manfredi: Ok. Faccio io.

Sto ancora leggendo i messaggi, quando ne arriva uno nuovo:

Manfredi: Fatto. Consegna prevista domani a Boston. Ciao.

Questi siamo noi, i Benedetti. Mia madre vive in Massachusetts da dodici anni e lavora come ricercatrice per le malattie del fegato, invece papà è in Arizona a studiare patologie cardiocircolatorie. Guglielmo opera con Medici Senza Frontiere in Sierra Leone, Manfredi è un neurochirurgo di fama internazionale che attualmente fa base a Richmond, in Australia.

Anche se siamo sparpagliati per il mondo e solo a Natale ci ritroviamo a Milano, dove io e i miei fratelli siamo nati e cresciuti, siamo legatissimi. Anzi, siamo molto più uniti di famiglie che vivono sotto lo stesso tetto.

Come avrete notato, nella mia tribù sono tutti medici, a parte me. Non che mi spiacesse l'idea, è che non tollero la vista del sangue. Non sono mai riuscito a donarlo, purtroppo; vederlo mi fa impressione. L'odore, poi, lasciamo stare... Mi fa svenire. Ci sono solo due cose in grado di destabilizzarmi: il sangue e le lacrime di una donna.

Comunque, noi fratelli Benedetti abbiamo messo a punto un sistema infallibile: quando qualcuno di noi sente l'esigenza di un nuovo attrezzo per praticare sport, ce lo scriviamo nella chat di famiglia e l'oggetto finisce nella lista dei regali che ci faremo all'occorrenza successiva — concreto, pulito, efficace. Nessuna perdita di tempo, nessuno spreco, nessuna aspettativa delusa.

Al semaforo, riconosco una delle mie vicine di casa, la Signora Alberti, che aspetta il verde con una borsa del supermercato in mano. Mi affianco a lei, seguito da Schumi. «Buonasera, Signora Alberti, come andiamo?»

Lei mi accoglie come farebbe mia nonna. «Oh, Leopoldo caro, vieni qua», esclama, tendendosi per abbracciarmi.

«Lasci che le porti la spesa», dico, prendendole la busta. «E mi consenta di aiutarla ad attraversare la strada.»

La Signora Alberti annuisce e le offro il braccio.

«Che cosa ci fa a Milano con questo caldo? Non va al mare con i suoi nipotini?»

«Oh, sì, sì, partiamo domani.»

Arrivati davanti al nostro civico, estrae la solita caramella alla menta dalla borsetta e me la porge come se avessi sette anni, poi apre il portone.

«E tu, quando vai in vacanza?» chiede preoccupata, mentre iniziamo a salire i ripidi gradini della casa di ringhiera.

«Tra un paio di giorni», rispondo telegrafico.

«Vai con la fidanzata?»

«No.»

«Con gli amici?»

«No.»

«Con la tua famiglia, allora?»

«No.»

La Signora Alberti mi guarda con aria materna. «Sei un giovanotto così buono, così per bene… Non è possibile che non abbia nessuno con cui viaggiare.»

«Ho molte persone con cui viaggiare, ma preferisco farlo da solo.»

Lei sorride come chi la sa molto più lunga. «Nei miei 87 anni, ho imparato questo: che la felicità non è autentica, se non è condivisa.»

«Sta citando il film *Into the Wild*!» constato, stupito.

«Sto citando la mia esperienza personale. E Pasternak, Tolstoj, Aristotele, Kant. È un'opinione piuttosto diffusa», ammicca, dandomi un affettuoso buffetto sulla guancia. Come se avessi sette anni.

Sorrido di rimando. «Lo terrò a mente.»

La Signora Alberti entra nel suo appartamento, io apro la porta del mio.

Mi sono trasferito qui da poco più di tre mesi. Ero un po' scettico a prendere casa in zona Sarpi, in un quartiere di tendenza ora, poi chissà. E non mi faceva impazzire l'idea di abitare nello stesso palazzo di Olivia Romano, nell'appartamento davanti al suo. Cioè, siamo amici, all'incirca, ma... Non mi piace criticare, però Olli ha la propensione a risucchiare come le sabbie mobili. Ti sbatte in faccia i suoi drammi, le sue storie, i suoi sentimenti – che tu voglia ascoltarli o meno; ti convince immancabilmente a fare quello che vuole, come lo vuole, dove lo vuole. Sono affezionato a lei, in fondo siamo cresciuti insieme, ma... diciamo che l'ho sempre subìta perché sorella di Vittorio.

Per carità, Olivia è una brava ragazza e devo dire che, da quando sono qui, non è mai stata invadente, non si è attaccata come una ventosa. Sarà che, se ha un fidanzato per le mani, è più gestibile, ci lascia tendenzialmente in pace. Il vero problema sono i periodi in cui è zitella.

«Ecco, Schumi, siamo a casa». Lui mi salta addosso, lottiamo per un po', poi, ancora pieno di energie, mi appendo alla barra per le trazioni che ho in salotto e ne faccio qualcuna.

La finestra della sala dà sulla corte interna dell'edificio ed è esattamente di fronte alla porta dell'appartamento di Olli, che è aperta e che... cosa diavolo sta succedendo?

Cerco di mettere a fuoco e vedo che Olivia è ferma alla porta-finestra con il gatto intrecciato alla caviglia; non sembra stiano giocando.

E adesso, che fa? Perché si sta sfilando i pantaloni?

Scuoto la testa, divertito nel trovarmela davanti in mutande.

Forse, non è stato poi così male investire in questo quartiere.

5. Olivia

«Punta squadrata o tonda?» domanda Betty.

Lo sa, è sempre squadrata, ma mi piace che lo chieda ogni volta. Come se – chissà? – un giorno potessi cambiare idea; come se un giorno potessi cambiare personalità.

«Squadrata», le sorrido.

Clicco il tasto dell'auricolare wireless per rispondere alla chiamata di Géraldine.

«*Ma chérie*, ottimo lavoro. Il tuo amico Gregorio è un uomo così *charmant*[1]», si complimenta la mia capa, dopo aver letto l'ultimo articolo.

Gregorio *era* affascinante, ora è un rottame, però… diciamo che sono brava a trasfigurare la realtà, all'occorrenza.

«Tutto pronto per il viaggio?» trilla Géraldine.

«A proposito del viaggio…»

«*Dis-moi*[2].»

«Vedi, io e Luke ci siamo lasciati e così… non vado più in Madagascar. Ma – non temere – ho la situazione sotto controllo», la rassicuro.

---

[1] "affascinante", franc.
[2] "Dimmi", franc.

«Mi dispiace, *ma chérie*; stai bene?»

Ecco un altro dei motivi per cui adoro lavorare alla rivista: Géraldine è una direttrice comprensiva, empatica, interessata alla felicità dei suoi collaboratori. Mi ha presa sotto la sua ala cinque anni fa, quando ha avviato il giornale, mi ha insegnato tantissimo e con lei sono cresciuta umanamente e professionalmente, trasformandomi dall'insicura laureanda che trema al pensiero di usare la fotocopiatrice in modo errato alla disinvolta tappa-buchi che chiude un servizio da prima pagina in mezz'ora.

«Sto bene, grazie.»

«Quindi, dove andrai?»

Nel corso della notte sono approdata a una soluzione. Se individuo scorci di Milano poco conosciuti, mi reco un paio di volte all'Idroscalo e mi piazzo qualche giorno nell'agriturismo di Ada in Lomellina, magari me la cavo: riuscirò a farla sembrare una vacanza per coppie. Dovrei trovare un figurante per far comparire Mr Freedom, ma posso farcela. La tipografia mi ha confermato che la qualità delle immagini scattate dal mio telefono è altissima e potrei corredare il reportage di valide foto, anche senza un fidanzato fotografo al seguito. Sono abbastanza convinta del buon esito di questa impresa, ma non posso certamente dire al mio capo che non ho intenzione di uscire dalla Lombardia.

«Devo ancora decidere.»

«Holly, mi fido di te, ma – ricorda – dobbiamo cercare l'originalità, l'inesplorato. Non hai voluto rivelare le tue idee per l'articolo sul Madagascar, destinazione a parte, e va bene. Però, mi raccomando, niente sciocchezze sulle spa e, ti prego, niente Cinque Terre. *Be creative!*[3]»

«Certo!» rispondo, sfoggiando una sicurezza che, al momento, è di pura facciata.

Terminata la manicure, mi avvio in auto verso piazza Cavour, dal lato opposto della città, all'inaugurazione di una struttura progettata da mio fratello.

Mentre parcheggio la MINI, noto che sul cruscotto lampeggia una spia che non avevo mai visto prima; è dello stesso punto di giallo della borsa a secchiello di Furla che ho puntato una settimana fa ma non ho ancora avuto il coraggio di acquistare… Che noia, ci manca solo un guasto all'automobile per coronare questa settimana. Decido di rimandare il problema al post festa, nella speranza che si risolva da solo.

Esco dall'auto e mi trovo davanti l'ultima creazione di Vitto. L'edificio è un nuovo spazio polifunzionale: maestoso ma moderno, elegante, dalle linee pulite. Mi lascio guidare all'interno da un'hostess cordiale, che mi conduce in un'ampia sala in stile *urban chic*, allestita con gusto.

Mia cognata mi corre subito incontro. «Olli, meno male sei qui! Non conosco nessuno!»

Il nostro essere schive nell'infanzia è il solo aspetto ad accomunare me e Adelaide, altrimenti diversissime. Lei vive nei suoi romanzi, si è ritirata in campagna e non si

---

[3] "Sii creativa", ingl.

accorge di ciò che succede nel mondo reale. È una delle persone più anticonvenzionali che conosca: se non fosse per i capelli biondi e gli occhi verdi, potrebbe facilmente passare per una donna indiana, visto il modo singolare in cui veste e l'anello al naso. Stasera, per esempio, sfoggia un eccentrico sari oro e verde acqua. Io non uscirei mai di casa conciata così, però ammetto che lei sta proprio bene.

Mio fratello si avvicina nella sua camicia di lino blu notte a schioccarle un bacio sulla guancia, afferrandola per la vita.

Dietro di lui compare Greg, con il suo caratteristico portamento alla Cary Grant e l'espressione delle ultime settimane da *mi-ha-investito-un-tram* e, poco dopo, arriva anche Leo, vestito come se dovesse partecipare a un raduno di skater.

«Da dove vieni?» chiedo, scioccata, notando un paio di rollerblade appesi allo zaino che porta sulle spalle.

«Critical Mass», rivela. Roteo gli occhi.

Leo prende periodicamente parte ad adunate di matti che bloccano il traffico usando bici, roller, skateboard... E ci vuole pure convincere che gli svitati siamo noi, con il nostro "superficiale materialismo" e la nostra "incuranza di quello che lasceremo ai posteri".

«Bravo, compagno», si complimenta Ada, sollevando un pugno in alto.

«Ma come ti sei vestito?» insisto, infastidita dalla sua *mise*. Siamo a un'inaugurazione e lui si presenta con una T-shirt aderente e dei jeans (e, vi assicuro, mi sto sforzando di ignorare lo zaino The North Face e le All

Stars, che quasi quasi sarebbe stato meglio se si fosse mostrato direttamente sui pattini).

«Quando devo farlo per lavoro, io, il completo, lo indosso». Vero; e gli dona. «Tuttavia, nel tempo libero non ne voglio sapere di vestirmi da pinguino… Senza offesa, Greg». Vero anche questo: fuori dal tribunale, Leo si trasforma in Shrek. «Allora, che si dice?!» domanda, quindi, agguantando degli stuzzichini da un vassoio di passaggio e trangugiandoli nemmeno fosse a digiuno da anni.

«Olli è stata piantata», svela mio fratello, impietoso.

«Che cosa?» si stupisce Ada.

«Già…» prosegue il mio eterozigote, osservandomi dalla testa ai piedi. «Scarpe nuove, messa in piega ed è già al secondo cocktail; direi che, su per giù, con Luke è finita ieri», pondera con aria esperta.

Accipicchia alla sua patologica attenzione ai dettagli! Come cavolo fa?

Gregorio mi rivolge un dignitoso cenno del capo, per darmi il benvenuto nella squadra degli "abbandonati".

«Non avreste dovuto partire domani?» si preoccupa Ada.

«Sì… Luke partirà lo stesso, da solo. O meglio, con Dylan». Sorrido, toccandomi il lobo dell'orecchio per evitare di commuovermi ripensando alla mia sfortuna.

«E come stai?»

«Credo di essere già approdata alla fase cinque.»

«La fase cinque?» fa eco Greg, interessato.

«L'accettazione. Sai – no? – ci sono cinque fasi per superare la fine di una storia… Tu, caro, sei fermo alla fase quattro da settimane.»

«Quale sarebbe?»

«La depressione: malinconia per il passato, sfiducia nel futuro.»

«Psico-bubbole», bofonchia Leo.

«No, è così. Olli ha ragione», conferma Greg.

«Allora, come è andata? Che cosa è successo con Luke?» riprende Ada.

Racconto loro la mia disavventura. Leo sbuffa, ma non mi importa; ho bisogno di sfogarmi con gli unici amici che ho. Non mi sembra di pretendere troppo.

«Dove trascorrerai le vacanze?» si premura Vittorio.

«Starò a Milano e fingerò di essere in qualche posto *cool* per completare il servizio…»

«Oh, no, non se ne parla! Vieni in viaggio di nozze con me e Vittorio», propone mia cognata.

Sì, questa è Adelaide: 100% bontà.

«Prima notte di nozze con l'ex di Leo in camera e luna di miele con mia sorella appresso: un sogno», commenta Vittorio.

Decido di intervenire, prevenendo una lite coniugale: «Ada, sei un tesoro, però, no, grazie. Sarebbe un supplizio per tutti e tre.»

«Perché non ti unisci a me, mia madre e Orlando a Monterosso?» offre Gregorio.

Mmm, vediamo: passare l'estate con un infante che dorme 20 ore al giorno, un esaurito e una suocera che costituirebbe un'attenuante per omicidio doloso, alle Cinque Terre – la sola località apertamente bocciata da Géraldine… «Grazie mille, Gregghi, starò benissimo così. Mi godrò la Milano silenziosa e deserta di agosto», affermo con poca convinzione, ma determinata a far cessare i loro sguardi di compatimento.

A questo punto, si voltano tutti verso Leopoldo, che li guarda di rimando senza dire nulla.

No, Leopoldo non potrebbe mai tollerare la mia presenza in viaggio. Innanzitutto, è un vero e proprio misantropo: sopporta a mala pena i suoi due amici, figuriamoci il resto dell'umanità. Inoltre, per lui le vacanze sono sacre! Si ritira in angoli remoti della Terra per starsene solo con la natura a fare sport.

«Io vado al buffet», annuncia, infatti, come unica risposta.

Mentre lo osservo allontanarsi, Ada mi strattona impaziente. «Vieni con me.»

La seguo confusa nel bagno delle donne e la guardo ancora più disorientata estrarre un libro dalla borsa.

«Cosa fai? Vuoi metterti a leggere qui?»

Lei annuisce contenta. «È per predirti il futuro.»

Ogni tanto Ada lo fa: pensa di poter profetizzare le sorti con l'aiuto dei suoi romanzi preferiti. L'aspetto più tragicomico è che io le credo anche.

«Ok, dimmi un numero da 6 a… 137», m'istruisce, facendo scorrere le pagine del libricino tra le sue mani.

«Quale libro è?» Sbircio la copertina, scettica.

«*Racconto d'Inverno* di Shakespeare. Purtroppo, non ho altro con me. Avanti, scegli un numero.»

«62», sparo.

Con una certa solennità, Ada apre il libro alla pagina corrispondente e inizia a leggere:

«Addio! Il giorno si fa vieppiù scuro:
mai ho visto un cielo così nero.
Avrai un'assai dura ninna-nanna...
Che grugnito selvaggio!
Su, su, torniamo a bordo! Qui si caccia,
e questo è l'animale loro preda...
(Spunta improvvisamente un orso)
Ah, che per me è la fine! Son perduto!
(Fugge inseguito dall'orso).»

Ada solleva gli occhi dal libro. «Tesoro…»

La guardo con le sopracciglia inarcate. «Non conosco la storia, non capisco il significato del passaggio che hai appena recitato.»

«Oh. Oh, beh, qui… Un orso appare inaspettatamente e sbrana Antigono.»

Ah.

«Quindi, cosa ci dice del mio futuro?» domando, mio malgrado, con una punta di speranza.

«Su, cara, lasciamo stare… In fondo, questo gioco è una corbelleria», blatera, riponendo il libro nella borsa. «Torniamo dagli altri?» suggerisce, forzando maldestramente un sorriso.

Bene, direi che ci sono tutte le premesse per un agosto da favola.

6. Leopoldo

Questa inaugurazione è un supplizio a regola d'arte. Voglio bene a Vic e Greg, sono felice di essere testimone dei loro traguardi professionali, ma... che rottura, le cerimonie! Greg si è defilato una buona mezz'ora fa, con la scusa del bimbo. Ora, quasi quasi, me la svigno pure io.

«Fratello Sole», mi apostrofa Ada, interrompendo i miei pensieri.

Conosco Ada, per gli amici "Lourdes", da meno di un anno, ma è una persona con cui mi riesce molto facile interagire. Abbiamo iniziato per scherzo a chiamarci con questo rimando francescano perché nel nostro gruppo di amici siamo i più (anzi, direi i soli) ambientalisti e animalisti.

«Sorella Luna», ricambio il saluto.

«Ascoltami, ora sono seria», dice, poi, con un repentino cambio di tono.

Non ci faccio particolarmente caso. Adelaide è avulsa dalla realtà: bisogna saperlo e imparare ad averci a che fare così, seguendo l'andamento delirante dei suoi pensieri.

«Dimmi.»

«Olivia sta attraversando un momento molto delicato della sua vita.»

Figurarsi; quando Olivia non sta attraversando un momento delicato?

Annuisco.

«Sono preoccupata di partire sapendola in questo stato.»

«Non dovresti. Olivia è adulta e vaccinata, è già stata lasciata *tante* volte, quindi sa che cosa deve fare.»

Mi guarda con un sorriso un po' triste. «Fratello Sole… Tu con le piante e con gli animali sei bravissimo, ma con gli esseri umani sei terribile.»

La mia risata le dà ragione. «Però me la cavo con gli anziani.»

«Devi promettermi che veglierai su Olli, mentre io e Vittorio saremo via.»

Emetto un ghigno e provo a farle capire l'assurdità della sua richiesta: «Non è in pericolo.»

«Invece sì; le ho appena predetto il futuro, sento che potrebbe succedere qualcosa di brutto!»

Una volta, ha letto il futuro anche a me; l'*Ulisse* di Joyce si è aperto su una scena di deiezione.

«Lo chiederei a Greg, ma, sai, non sta tanto bene.»

Sembra davvero turbata, per cui decido di tranquillizzarla. «Sorella Luna, lo prometto. Tu e Vittorio non avete nulla di cui preoccuparvi, godetevi il viaggio di nozze.»

«Bene, bravo. Tanto con te non corriamo pericoli, vero?» domanda con il suo sguardo penetrante.

«Pericoli?»

«Già. Perché Olli è la tua Mai-nella-vita.»

«Cosa?»

«Sì… Sai? Quella persona che non potresti mai, nemmeno sotto tortura, desiderare carnalmente perché… beh, perché è la tua Mai-nella-vita», insiste, con l'assurda pretesa di suonare sensata. «Me l'hanno insegnato i ragazzi, ora i giovani dicono così.»

I "ragazzi" sono dei ventenni che lavorano nella cascina di Ada e hanno l'abitudine di insegnarle espressioni che lei si ostina a etichettare come "giovanilese".

«Mh». Non ho capito esattamente dove voglia andare a parare.

«Quello che intendo dire è che so che ti prenderai buona cura di Olivia e non ci saranno problemi se l'affidiamo a te, perché lei è la tua Mai-nella-vita, no?»

«Olli non ha bisogno di nessuna cura, ma ad ogni modo sì, lei è la mia Mai-nella-vita; di questo puoi essere proprio certa. E, se la cosa ti fa stare più serena, io credo e *spero* di essere il suo Mai-nella-vita.»

«Sono sicura che è così», concorda, stringendomi il braccio in un gesto di congratulazioni.

Prima di farmi scucire altre promesse sgradite, torno in mezzo alla folla e cerco Vittorio per congedarmi.

«Bene, io vado», diciamo contemporaneamente io e Olivia.

«Vuoi un passaggio?» mi chiede lei. L'ho sempre vista muoversi in macchina – a benzina; una scelta insensata, visto che Milano propone mille validissime alternative per non inquinare.

«No, Olli, grazie.»

«Ok… Però… ti seccherebbe dare uno sguardo alla mia MINI? Ho visto una strana spia accendersi, quando ho parcheggiato.»

Sollevo un sopracciglio, per nulla sorpreso di scoprire che dietro la sua offerta si nascondeva una richiesta. Olivia non fa mai niente per niente.

«Quale spia?»

«Non lo so; era giallo senape.»

«Che forma aveva?»

«Non saprei, era strana.»

Mi faccio dare le chiavi, mi accomodo davanti al volante e metto in moto l'auto.

«È la spia che indica avaria del motore.»

«Oddio, che cosa significa?»

«Può voler dire molte cose; lampeggia, quindi potrebbe essere un problema del catalizzatore. È comparsa da molto?»

«Non ne ho idea, l'ho notata solo prima di entrare alla festa. Che si può fare?»

«Chiamare un carro-attrezzi. Meglio non rischiare.»

Mi guarda con gli occhi lucidi, sembra sull'orlo di esplodere. «Che settimana di merda.»

«Niente panico; un bravo meccanico saprà risolvere il problema.»

Chiamo immediatamente un carro-attrezzi, che, visto lo scarso traffico dell'estate inoltrata, arriva poco dopo. Mentre Olivia guarda la sua preziosa auto allontanarsi, mormora sovrappensiero: «Non credevo ti intendessi di motori.»

«Sono un Benedetti, sono pronto a gestire qualsiasi situazione.»

«Ma se non guidi mai!»

«Non guido in città perché posso facilmente spostarmi a piedi, sui roller, in bici, tram, metro, bus, passante ferroviario, *bike-sharing*, *moto-sharing*, *car-sharing* e *car-pooling*», elenco. «Però so guidare, so interpretare i simboli sul cruscotto e, volendo, saprei anche fare acrobazie in auto.»

«Manie di grandezza?»

«Qualcuna», ammetto. «Andiamo, su», la invito a incamminarsi.

Olivia non muove un passo. «Come mi vuoi portare a casa, scusa? In groppa, mentre tu pattini per la città?»

«Ci sono tanti modi per muoversi a Milano, non dirmi che devo ripeterteli tutti!»

Un po' dubbiosa ma chiaramente stanca e priva di alternative, Olli mi segue. Con un po' di fortuna… Ecco il tram. Mi avvicino alle porte che si aprono.

«Il tram?» mi domanda sotto shock, come se le stessi proponendo di viaggiare a bordo di una Nimbus 2000.

Non mi do pena di risponderle.

«Non ci salgo da quando andavo a scuola», rivela, eccitata, arrampicandosi con difficoltà sui gradini. «Però non ho il biglietto», mi comunica una volta su.

«Li ho io», dico, estraendone due dalla tasca dei jeans e timbrandoli.

«Vai in giro con biglietti extra? Cos'è, sei il nuovo testimonial dell'ATM[4]?»

Mi stringo nelle spalle. «Te l'ho detto, sono pronto per ogni evenienza.»

Lei sorride.

Ha un bel sorriso, Olli. A volte, ti fa quasi dimenticare che dietro quei denti bianchi e perfetti si nasconde una sanguisuga malefica.

«Dev'essere difficile essere preparati a tutto senza una Chanel al braccio. Dove metti tutti gli attrezzi del mestiere?»

Di nuovo, non mi disturbo a rispondere. Avere a che fare con Olli è difficile, per me. Tira sempre fuori cose di moda, o di eventi, o di individui – non capisco mai se si tratta di persone famose, personaggi di film o gente che conosce lei. Le interessano argomenti… superficiali. Non sono mai riuscito a farci un discorso che andasse oltre i convenevoli.

Mi sistemo appoggiandomi con la schiena alla parete del tram, sul fondo. Mi piace vedere la città che scivola dietro di me, soprattutto quando è notte ed è vuota. Via Manzoni, illuminata e deserta, è uno spettacolo da quassù.

«E tu, dove andrai in vacanza?» si informa Olli, spezzando il breve silenzio.

Sa dove andrò – in una landa desolata che mi consenta di fare, in due settimane, arrampicata, trekking e, magari, windsurf. Che me lo stia chiedendo ora, però, dopo tutte

---

[4] Azienda Trasporti Milanesi.

quelle scene sul dover passare l'estate da sola, un po' mi allarma. Spero non si metta in testa di venire con me, perché non potrei sopravvivere tre minuti da solo con lei. Già questo tragitto mi sembra una fatica d'Ercole, immagino un'intera vacanza!

In effetti, anche se ci conosciamo da quindici anni, non abbiamo mai avuto un rapporto a due. Io mi limito a sopportare la sua presenza quando si infila di forza nel nostro gruppo di amici e lei si accontenta di sapere che io sono *quello* dei tre – quello con cui ha meno in comune, con cui non potrà mai sostenere una conversazione per mancanza di argomenti.

Non riesco a risponderle subito.

«Leo, tranquillo. Mica voglio imbucarmi nel tuo viaggio super avventuroso e fare il terzo incomodo tra te e Madre Natura.»

Dovrei sentirmi rilassato e, invece, no – perché conosco Olivia Romano e so che, se vuole qualcosa, fa di tutto per prenderselo. Non c'è santo che tenga.

«Vado… in… Non ho ancora deciso». Scelgo la vaghezza come misero scudo.

«Hai paura di me», mi stuzzica.

«Io? Dovrei avere paura di te?»

Lei sostiene il mio sguardo, sorride. Ha un'espressione furbetta che non mi piace nemmeno un po'. «Paura che ti possa convincere a fare cose che non vuoi…» continua, spostandosi i capelli da un lato e usando lo smartphone per scattare una foto alle vie storiche vuote che si dispiegano dietro di noi. Inizia, quindi, a digitare furiosamente al cellulare.

Dio mio, questa ragazza vive *con* il telefono, *per* il telefono, *nel* telefono.

«Allora?» torna con l'attenzione su di me.

Mi stupisco, perché, di solito, quando si estranea per pubblicare una storia su Instagram, taglia i ponti con ciò che la circonda. Dev'essere proprio determinata a infastidirmi, stasera.

«Allora, cosa?» mi spazientisco. Guardo fuori dalle vetrate, per fortuna siamo quasi arrivati alla nostra fermata.

«Allora, hai paura che ti convinca a fare cose che non vuoi?» insiste con il suo sorrisino beffardo.

«Nessuno ha un simile potere, Olivia… Non ti dico dove vado perché non ancora ho deciso», bluffo.

«L'uomo nato pronto non ha ancora deciso?»

«Poiché sono nato pronto, non ho bisogno di decidere in anticipo. Posso permettermi di essere spontaneo.»

«Tanto scoprirò dove vai». Non ne dubito: ve l'ho detto, quando si mette in testa una cosa, la ottiene ogni santa volta.

«Siamo arrivati», annuncio sollevato.

Olivia ci mette un po' a scendere; d'altronde, si agghinda sempre come se dovesse partecipare a una sfilata di moda. Non l'ho mai vista indossare indumenti comodi o un paio di scarpe senza quei cosi… i tacchi – tra l'altro, perché li usi è un mistero: Olli è piuttosto alta.

Passeggiamo per pochi minuti in silenzio fino a quando raggiungiamo il mio portone – che è anche il suo portone.

«Credo che dovresti iniziare ad amare Holly Golightly», suggerisco, mentre lei armeggia con la borsetta alla ricerca delle chiavi. Non le ho chiesto perché la gatta fosse attaccata ai suoi pantaloni, ieri, ma non sembrava stessero giocando.

«Beh, io credo di dover chiamare un esorcista prima di poterla amare». La sua mano continua a ravanare nella borsa.

«È solo un gatto…» Estraggo le chiavi dalla tasca dei pantaloni e apro il portone per entrambi.

«No, tu non la conosci.»

È vero, non conosco la gatta. Ma conosco la padrona.

7. Olivia

Ho deciso di iniziare con un post facile. Dovrò condividere dei contenuti con effetto teaser su Instagram per incuriosire i follower a comprare la rivista e leggere il servizio, perciò devo iniziare subito.

Il lato positivo è che non devo svelare ora la meta della mia vacanza, quello negativo è che non so cosa inventarmi. Sono nel quartiere di Brera, in mezzo a una stradina poco battuta. Ci sono degli alberi carini, ho con me l'ultimo romanzo della Allende... Potrei ricavarne qualcosa.

La mia mente lavora rapida: primo giorno di vacanza, sosta in un bosco, mi rilasso con una buona lettura. È plausibile che Mr Freedom non compaia nella foto, leggere è un piacere intimo che non si condivide con nessuno. Potrei lanciare un contest e chiedere ai miei follower di indovinare dove sono – chissà che le loro risposte non mi siano di ispirazione.

Scatto una foto con la copertina del libro su sfondo silvestre, scrivo velocemente una sbrodolata sulla bellezza di leggere in mezzo alla natura e la pubblico, senza rimuginarci su più di tanto.

Soddisfatta del mio lavoro, mi avvio verso casa. Ci andrò in taxi, visto che la mia povera MINI è ancora dal meccanico. Inizio a passeggiare per le vie pedonali di Brera, lentamente, dirigendomi al parcheggio dei taxi più vicino. Dopo nemmeno 30 secondi dalla pubblicazione del post, Géraldine mi telefona.

«Dove sei?» investiga sospettosa.

Oddio, ora che le dico?

«Sono… in viaggio», mento.

«Verso dove, *chérie*?»

«Sorpresa?»

«Holly, sono la tua direttrice. Niente puttanate con me», mi ricorda, insolitamente aggressiva. Credo stia subodorando il mio bluff.

Roteo gli occhi.

«Allora, dove sei diretta? Con chi?»

«Sono diretta… in Francia», azzardo, cercando di ammansirla. Lei è francese, sarà ben contenta se contribuisco al turismo del suo Paese, no?

«Uff», sbuffa con il suo sbuffo francese. Avete in mente? Quel suono metà pernacchia, metà sospiro. «*Mais qu'est-ce que tu vas faire, là-bas?!*[5]»

«Ehm… Prego?»

«La Francia, che noia! Vai da qualche altra parte, tesoro. Capisco che il tuo viaggio in Madagascar sia saltato brutalmente, ma ci sono cose più interessanti! Chi leggerà

---

[5] "Ma che cosa ci vai a fare?", franc.

il tuo servizio quando si renderanno conto che sei in *Francia*?»

«Scusa Géraldine, con tutta la buona volontà, cosa vuoi che faccia, adesso? Sono stata mollata l'altro ieri, non è che abbia avuto molte possibilità di organizzare una vacanza alternativa esaltante.»

«Ho un'idea! Il Bhutan?» propone. Avrei scommesso che sarebbe andata a parare lì, perché mia madre è bhutanese… «È una meta così particolare.»

Vero, verissimo, il Bhutan è unico ma:

1) io non ci sono mai stata poiché,
2) mia madre – e, per estensione, l'intera famiglia – ha divieto di accesso nel Paese.

Non l'ho mai detto a nessuno, tantomeno a Géraldine. Se dovesse per caso sapere che mia madre appartiene alla famiglia reale bhutanese, mi torturerebbe per servizi di ogni tipo, sulla politica del Paese, i Royal Wedding, i Royal Baby, i Crazy Reach Asian e così via – argomenti sui quali non potrò mai aiutarla perché, appunto, mi è vietato metterci piede.

La storia, in realtà, è molto lunga, ma, per farla breve, possiamo riassumerla così: mia madre è fuggita con mio padre negli anni '80, gettando scandalo sulla famiglia reale per una serie di ragioni. La prima: papà è siciliano – non bhutanese – e viene da una famiglia di pescatori – non di gerarchi. La seconda: i miei non si sono mai sposati. L'ultima (però, forse, la più importante): mio padre è un bassista metal, un mestiere che faccio fatica ad accettare io, figuriamoci il Re di uno Stato conservatore.

Cerco una scusa per dissuadere Géraldine dal folle proposito di mandarmi in Asia.

«Me lo paghi tu il soggiorno in Bhutan? Io al momento non ho proprio i soldi…»

«Oh, *chérie*, non dire sciocchezze, sai che non ho fondi per finanziare i viaggi.»

Allora piantala di lamentarti e ringrazia che uno dei tuoi giornalisti si renda disponibile a fare servizi durante vacanze pagate di tasca propria, penso, senza avere il coraggio di dirlo ad alta voce.

Dopo un attimo di silenzio, Géraldine riprende l'interrogatorio: «Con chi ci stai andando, in Francia? Ricorda, il servizio è sulle vacanze di coppia!»

E chi se lo dimentica, con lei che mi sta con il fiato sul collo da giorni?

«Ci sto andando… con un mio amico. Presterà il suo retro per fingersi Mr Freedom.»

«Bene, bene.»

«Mh», sospiro al telefono, mentre mi incanto davanti a una bellissima vetrina. C'è un abito da sera di Valentino, verde bosco e con una scollatura vertiginosa ma elegantissima. Per un secondo mi immagino con questo vestito, in Costa Azzurra, magari al Festival di Cannes! Accanto a me, un uomo elegante, in smoking: non riesco a individuare il suo volto, è alto – finalmente, più alto di me – con i capelli scuri. Mi porta a braccetto ed è così forte che io potrei anche non camminare e abbandonarmi a lui…

«Holly, in quale parte della Francia sei?» mi richiama la voce di Géraldine al telefono.

«Cannes», ribatto senza un attimo di esitazione.

«Oh, *mais c'est super*[6]! Sei riuscita a prenotare tutto in così poco tempo…»

«È così», rispondo, apprestandomi a entrare nel negozio.

«*Chérie*, lascia solo che ti dia un consiglio.»

«Certo. Lo sai, i tuoi suggerimenti sono preziosi.»

«Brava, allora ascoltalo bene. Prova ad andarci davvero in Francia, se vuoi scrivere questo pezzo.»

Ma come…?

«*Retourne-toi*[7], Holly.»

Mi volto e, sull'altro lato della strada, eccola: Géraldine è lì, davanti a me.

Merda.

---

[6] "Ma è splendido!", franc.
[7] "Voltati", franc.

8. Leopoldo

- Borsa con qualche cambio pulito: fatta.
- Sacca per Schumi: preparata.
- Tenda e sacco a pelo: ci sono.
- Equipaggiamento per arrampicata: pronto.
- Attrezzatura per windsurf: tirata a lucido.
- GoPro: presa.
- Kit di pronto soccorso: predisposto.

È tutto perfetto. Domattina all'alba, io e Schumi partiremo per il nostro viaggetto estivo. Quest'anno ho troppo lavoro da sbrigare, con il mio cambio di carriera non sono riuscito a ritagliarmi più di dieci giorni, quindi ho detto addio all'idea di volare all'altro capo del mondo. Il che, comunque, ha i suoi vantaggi: mi permette di ridurre la mia impronta ecologica, visto che viaggeremo unicamente a bordo del mio pick-up elettrico.

Il telefono di casa squilla – curioso, non ricordavo nemmeno di avere il fisso. Sarà il nonno.

«Ciao, Leo, disturbo?» mi perfora il timpano la voce di Olli.

Ostenta allegria: qualcosa non va.

E poi… per quale motivo mi chiama a casa?

Mi volto, dalla mia finestra vedo la sua. «Olli. Dimmi», rispondo senza entusiasmo.

«Pensavo… Visto che tutti i nostri amici sono già via e che domani parti anche tu, perché non vieni qui a mangiare un boccone?»

I suoi "bocconi" sono, di solito, a base di tonno, quinòa, avocado o altra roba che le associazioni ambientaliste di tutto il mondo implorano di smettere di consumare all'istante.

A prescindere dalle portate, non ho alcuna voglia di andare da lei – il suo tono di voce è allarmante e, poi, io e Olli non ci vediamo mai da soli (perché dovremmo? Non abbiamo nulla da dirci). Se la Signorina Dritta-alla-meta mi sta invitando a cena, c'è sicuramente qualcosa sotto. E, quando chiede un favore – fidatevi di me che la conosco da *troppo* tempo – si tratta di richieste spiacevoli. Sempre.

«Non posso.»

«Certo che puoi! Ti vedo da qui, ricordi? Sei in casa, non hai ancora cenato e hai già preparato tutti i bagagli», descrive, sventolando la mano per salutarmi come una ragazza pompon.

Inspiro profondamente, cercando di mantenere i nervi saldi. Sapevo che trasferirmi qui era un errore, che avere una simile ventosa nei paraggi mi si sarebbe ritorto contro.

«Che vuoi, Olli?»

«Dai, quante storie! Voglio semplicemente cenare con un amico e sdebitarmi dell'aiuto che mi hai dato con la MINI.»

Aggancio il telefono, apro la porta-finestra ed esco. Tanto non c'è molto da fare.

Percorro i pochi metri di ballatoio a ferro di cavallo che ci separano e la raggiungo. Lei mi apre la porta, gioiosa.

«Benvenuto», sorride accomodante, indicandomi la tavola.

È apparecchiata per due – ovviamente, era sicura che avrei ceduto – ed è completamente vegetariana. Olli sa che mangio carne solo se ho la certezza che l'allevamento da cui proviene non è intensivo. La guardo sollevando un sopracciglio, diventando più guardingo ogni secondo che passa.

«Sai, ho trovato una rosticceria vegetariana in zona Tortona», annuncia allegra. «Allora… abbiamo hummus, mousse di tofu, insalata di riso nero e avocado, arrosto di seitan al limone e cheesecake alle rose». Certo, questa è una cena vegetariana in versione leziosa, l'unica che Olivia conosca.

Scatta una foto alla tavola imbandita e digita qualcosa sul telefono in preda a un invasamento. «Come si dice "arrosto" in inglese?»

«Olivia, andiamo dritti al punto. Che cosa vuoi?» chiedo, accomodandomi pesantemente sulla sedia e riempiendomi il piatto. Holly Golightly mi salta in grembo e inizia a fare le fusa, ingorda di coccole. Povero piccolo animaletto, con una padrona così…

Olli mi guarda perplessa mentre mangio – so che le danno noia i miei modi ruvidi, come il non aver atteso che si servisse prima lei – ma, evidentemente, il favore che deve chiedermi è più forte di qualsiasi etichetta.

Smette di postare le sue boiate, deglutisce e si siede a tavola a sua volta, fingendosi sempre più allegra.

«Dunque… Stavo pensando, dato che tu parti domani e il mio viaggio in Madagascar è saltato…»

«No», sillabo con la bocca piena. «Scordatelo.»

«Su, che sarà mai? Ti seguo per qualche giorno, giusto per scattare delle foto, e poi me ne torno a casa.»

«No. Scordatelo.»

«Tanto, non vai lontano…»

«Che cosa ne sai?» Mi metto subito sull'attenti: stiamo per arrivare a una fase cruciale – quella in cui, se abbasso la guardia, sono fregato.

«Beh, c'è il pick-up parcheggiato fuori… Se l'hai tolto dal garage, significa che lo userai per viaggiare e che, quindi, non andrai troppo lontano.»

«No. Scordatelo.»

«Leo, ascoltami, ne va del mio lavoro», dice seria.

«Ma non puoi andartene sola da qualche parte, come fanno tutti?»

Scuote la testa energicamente. «No. La mia psicologa mi ha sconsigliato di passare tanto tempo sola, in questa delicata fase che sto attraversando. Secondo lei, devo affrontare i miei incubi uno alla volta o rischio di incasinarmi.»

Eccola qua, mi sbatte in faccia le sue cose intime che io non voglio affatto sapere e tira in ballo psico-bubbole di cui non capisco nulla. Olivia continua a saltare da uno strizza-cervelli all'altro – quando non ci si mette insieme, lo cambia perché non si sente capita – e ogni volta è un incubo, un dramma, che si ripete all'infinito.

Vorrei essere io il suo analista, dirle che la vita è semplice. Che si vive per fare ogni giorno un po' meglio, che l'importante è essere coerenti e fedeli a se stessi, che non si può controllare tutto e che, se si accetta il rischio di esporsi ad altri esseri umani, bisogna accogliere anche la possibilità di essere feriti. Basta. Cos'altro serve sapere per vivere bene?

«No. Scordatelo», grugnisco, mentre mi verso un bicchiere d'acqua e bevo generose sorsate. «Vai in vacanza con i tuoi.»

«Ci ho pensato, però come faccio? Lo sai, finisce male ogni volta che sto con *lei*.»

Eh, sì, lo so; figuratevi se non ha raccontato a tutto il mondo del rapporto conflittuale con la madre.

«Vai al mare con Greg. Ti ha invitato, se non sbaglio.»

«Sì, così ci deprimiamo ancora di più a vicenda. Ti immagini? Non se ne parla…»

«Olli, ti prego… Ho due settimane all'anno per starmene da solo, in pace, in silenzio. Quest'anno ho persino meno tempo, non riesco a prendermi più di dieci giorni. Non rovinarmi questo momento. Non farlo.»

Sostiene il mio sguardo con aria sospettosamente mansueta. «Non mi sentirai neppure, lo giuro…»

«Olli, dai, ho detto di no. Chiedi a qualcuno dei tuoi colleghi alla rivista, oppure… Avrai qualche altro amico, no?»

Annuisce, sorride. Inizia a sfregarsi compulsivamente il lobo sinistro. No, oh no! So quello che un simile gesto preannuncia.

«Olli», provo a pensare qualcosa da dire per non farla scoppiare a piangere – perché, credetemi, sta per succedere.

«No, no, hai ragione». Ecco. Una prima lacrima, un po' timida, le cola sulla guancia e cade dal mento. «È ovvio, troverò qualcun altro. Non ti preoccupare». Una seconda lacrima, più urgente, scivola dall'altro occhio. *Et voilà*, ecco che si aprono i rubinetti.

Smetto di masticare, lo stomaco stretto in una morsa, mentre Olivia è scossa da singhiozzi imbarazzanti. Sbuffo, sospiro, conto fino a dieci per vedere se nel frattempo si calma, ma il suo pianto isterico si dispiega in un crescendo inarrestabile.

«E va bene», mi sento affermare.

Cazzo! Lo sapevo. Sapevo ci sarebbe riuscita anche stavolta!

Non fraintendetemi, non credo le sue lacrime siano una mossa calcolata. È che fatico a sostenere la vista di una donna che piange, farei qualsiasi cosa per farla smettere – e infatti…

Lei, però, continua a frignare. «No, no… Non voglio disturbarti.»

«Non mi disturbi», mento a denti stretti. «Avanti, ora smettila di fare così.»

«Non ho amici, sono una persona sola.»

«Hai un sacco di amici, dai. Ci sono tante persone che ti vogliono bene…»

I singhiozzi si moltiplicano come dei gremlin nutriti a notte fonda.

Bah, che cosa potrei dire per farla smettere? «Tu… Tu per me sei più di un'amica, sei una sorella», dichiaro, annuendo per conferire veridicità alle mie parole.

«Dici davvero?» Finalmente non sembra più scossa da un elettroshock. Ha gli occhi un po' anneriti, immagino per il trucco sciolto, e deve esserne conscia perché si passa rapidamente una mano sotto gli occhi.

«Sì, sì», mormoro a disagio. Che palle questi discorsi, io non so mai che dire. «Porta abbigliamento sportivo, scarpe da trekking, un costume da bagno e… al resto ci penso io», istruisco, alzandomi da tavola con il desiderio di scappare.

Che cosa cavolo ho fatto?

«Ok», accetta felice, con un tono di voce oramai tornato normale. «Ora mi puoi dire dove andiamo?»

«No.»

«Ma…»

Le punto contro l'indice, nella speranza vana di risultare più incisivo. «Olivia, io ti porto in viaggio con me, però tu non devi rompere. Ti adatterai a quello che ho programmato senza fiatare, chiaro? Prendere o lasciare.»

«Va bene», assente, insolitamente arrendevole.

«Porta anche Holly Golightly». Mi chino ad accarezzare la gatta, che si struscia alla mia gamba.

Olivia mi guarda un po' scettica. «Ne sei certo?»

«Ovviamente. Chi si occuperà di lei, altrimenti?»

«Mh...» mugugna, guardando di lato.

Non ci posso credere! Voleva partirsene per dieci giorni senza affidare la gatta alle cure di nessuno! Questa qui è una pazza criminale...

Mi defilo rapidamente e, quando sono ormai alla porta, Olli – timida?? – sussurra: «Grazie, Leo.»

Mi limito ad annuire, con un piede già sul ballatoio. «Partiamo alle 6.»

«Che cosa?» esclama con uno strillo indignato.

«Beh, se vuoi, puoi restartene qui a Milano... Ti manderò foto dalla Costa Azzurra». Le faccio un occhiolino, lieto di essere riuscito a infastidirla, considerato quello che mi sta facendo.

«Andiamo in Costa Azzurra?» riflette con espressione rapita.

Non le rispondo e torno al mio appartamento, per godere delle ultime ore di solitudine che mi rimangono prima di partire con quella piattola.

9. Olivia

Non ho chiuso occhio: ho passato la notte a fare i bagagli, ritocchi di ceretta, trattamenti di bellezza e via dicendo.

È stato difficile fare una valigia che contenesse abbigliamento e accessori adatti sia alla Costa Azzurra sia allo spirito avventuroso di Leopoldo. Così ne ho fatte due.

Ho dovuto preparare con accorta precisione tutti i prodotti per la pelle e i capelli, i trucchi, l'attrezzatura da pilates, gli accessori per mantenere una manicure perfetta e, ovviamente, le creme anti-age, anti-UV, anti-arrossamento, anti-punti neri, anti-pori dilatati.

Senza considerare la borsa di Holly Golightly! Lei è sensibile ai cambi di temperatura, dieta, aria e compagnia. Quando avevo iniziato a uscire con Luke, era impazzita: vomitava ogni giorno, sembrava diventata allergica a qualsiasi cosa. Mi aspetto reagirà anche alla vicinanza prolungata di Leopoldo, perciò ho provveduto a portare gastroprotettori, ansiolitici e antidepressivi.

Ora posso dirmi soddisfatta, credo di aver fatto un buon lavoro!

Qualcuno bussa alla porta-finestra. Assonnata, sbatto le palpebre più volte fino a riconoscere Leopoldo.

«Sei pronta?» domanda, entrando nell'appartamento.

Ma che domande fa? Come se potessi andare in giro in tuta da ginnastica e coi capelli legati da sciamannata.

«Mi devo ancora vestire, ci sono quasi.»

Lui rotea gli occhi.

Ecco, già iniziamo male.

Non mi deve mettere l'ansia.

Sono stata io a insistere perché mi portasse con sé, è vero. Ho persino mentito, raccontando che era stata l'analista a suggerirmi di non stare sola. In verità, non vedo la terapeuta da tempo – ho smesso di andarci quando mi ha diagnosticato la sindrome dello struzzo. Mi ha proprio fatto arrabbiare: sosteneva che non ho il coraggio di affrontare mia madre, l'origine di tutti i miei problemi, e che preferisco nascondere la testa sotto la sabbia, ma non è affatto così. Sono perfettamente consapevole dei miei limiti; semplicemente, non sono pronta ad affrontarli tutti insieme. Lo farò, con i miei tempi.

Per la cronaca, non dico quasi mai bugie. Lo faccio solo in caso di estrema necessità. E, credetemi, questa vacanza è questione di vita o morte. Leopoldo rappresenta la mia ultima opzione… ma proprio l'ultima! Ho considerato addirittura di andare in vacanza con il fotografo John e sua moglie, però non avevano posto per ospitarmi nella loro casa sul lago. Tra l'altro, a me serve un uomo che almeno alla lontana somigli a Luke, per poterlo spacciare come Mr Freedom sui post di Instagram e sulle foto da utilizzare nel reportage, mentre John è pelato e ha una settantina d'anni, le sue mani non fanno assolutamente al caso mio.

Quindi, eccomi qui, in procinto di affrontare un viaggio senza conoscere con precisione le tappe, le attività, gli hotel in cui alloggeremo né i ristoranti in cui pasteggeremo. Un salto nel vuoto che mi innervosisce, ma… mi adatto, non avendo trovato di meglio.

Indossati dei jeans aderenti e una camicetta di seta semitrasparente, mi alzo sui sandali Yves Saint Laurent mentre sciolgo i capelli che mi cadono morbidi sulle spalle – stanotte, tra le altre cose, ho ondulato la chioma con il ferro – e stendo un po' di correttore.

«Si può sapere cosa stai facendo?» sbraita Leo dal salotto.

Che palle! Un po' di pazienza, insomma!

Mi rifiuto di rispondere, mentre mi concentro sul mascara. Me ne serve tanto, perché gli occhi a mandorla sono generalmente corredati da ciglia piuttosto corte. Poi, è la volta del lipstick. Mi prendo del tempo per stenderlo bene – questo è un rossetto *matt* di MAC, se lo stendi male è la fine, si raggruma tutto in due minuti.

«Olli, sono già le 6.30. Ti vuoi muovere? Guarda che ti lascio qui», tuona il mio amico dal salotto.

Sarebbe capace di farlo, meglio sbrigarsi. Spruzzo rapidamente un po' di Lancôme La Nuit Trésor ed esco dal bagno.

«Come ti sei vestita?» domanda sbalordito.

Guardo verso il basso a riverificare la mia *mise*. «Cosa c'è che non va?»

«Viaggeremo a lungo, non sarai scomoda con jeans attillati e tacchi alti? E, soprattutto, non morirai di caldo con le cosce strizzate là dentro? È il primo di agosto.»

Lo guardo sollevando un sopracciglio: che pischello. Quando crede sia stata comoda fuori da casa mia?

«Non andremo a caccia di uomini, per tua informazione», precisa.

«Non importa, bisogna sempre essere preparati a ogni evenienza. Chi ti dice che l'uomo dei miei sogni non mi stia aspettando alla prima pompa di benzina?»

«Il mio pick-up è elettrico.»

«Comunque sia. Non sei tu quello nato pronto?»

«Sì, anche se il mio è un altro tipo di prontezza… Dai, partiamo. Dov'è la tua valigia?» chiede, sbirciando intorno.

«Eccole». Indico le due Carpisa viola rigide, il beauty-case Gucci e la borsa per Holly Golightly. Oltre, ovviamente, alla cassetta con Holly Golightly.

«Tu hai dei problemi seri.»

Nonostante il commento acido, si fa carico di tutte le borse, da vero *gentleman*, e inizia a scendere le strette scale della casa di ringhiera.

10.   Leopoldo

Nel caso in cui ve lo stiate domandando, sto maledicendo l'istante in cui mi sono lasciato irretire dalle lacrime di questa rompiballe.

Ieri notte, prima di dormire, ho contemplato l'ipotesi di dirle che non si poteva fare, che se ne andasse da qualche parte o se ne stesse a Milano, non era affar mio. Poi, però, in sogno mi è apparsa Nonna Eloisa, che mi inseguiva con il mattarello e mi urlava: "Non si fa". Nonna non c'è più, ma il ricordo delle sue strigliate si materializza ogni volta che ho la tentazione di fare il furbo. Stamattina ho anche pensato alla reazione dei nostri amici comuni se mi tirassi indietro ora e mi si sono riempite le orecchie del loro biasimo per essere stato sgarbato con "la povera Olli".

Povera un corno! Questa qui è un demonio!

Per colpa sua siamo partiti con 45 minuti di ritardo sulla tabella di marcia. Poi, mi ha fatto scapicollare giù per delle scale infernali con un armamentario che sarebbe superfluo persino per stare in viaggio sei mesi. Volevo dirle di portarsele giù da sola, ma l'ho immaginata scendere *quelle* scale su *quei* tacchi, con una borsa alla volta;

se le avessi lasciato fare, saremmo stati ancora lì a ferragosto.

Comunque, speravo il peggio fosse finito con l'attesa snervante e la movimentazione delle valige. E invece no. Siamo in auto da meno di un'ora – ce ne vorranno almeno sei per arrivare alla meta – e non ha taciuto un momento. Guardate, non so proprio dirvi di che cosa stia parlando perché non la ascolto: ho smesso di farlo al chilometro 15.

Le ho suggerito di riposare lungo il tragitto – l'unica informazione che ho captato è che non ha dormito per due notti consecutive, speravo sarebbe crollata all'istante – però mi ha risposto che non aveva più sonno e ha proseguito contenta il soliloquio.

Io, però, non sono felice: mi sovrasta continuamente la musica, porca miseria! Le lancio un'occhiata di sbieco: se potessi disattivare l'audio, sarebbe forse piacevole averla accanto. Olivia è un'asiatica con il fisico da pin-up e i capelli di Pocahontas: praticamente, una chimera. La gente si chiede come mai una gnocca simile sia perennemente alla ricerca di un uomo, ma, ora che un po' la conoscete, riuscirete a darvi una risposta soddisfacente senza ulteriori didascalie.

All'altezza di Nizza, sono esausto di sentire la sua voce come colonna sonora del viaggio e decido che è ora di un pit stop, anche perché devo ricaricare l'auto. Prendo l'uscita e Olli inizia a strillare: «Oddio, chi se lo aspettava che Nizza sarebbe stata la nostra prima tappa?»

«Chiunque sapesse che questo pick-up ha un'autonomia di circa 400 chilometri», rispondo, senza aspettarmi di essere considerato.

«È una sorpresa incredibile», continua, tutta assorta nell'estasi da Costa Azzurra.

«Peraltro, so che ti riesce difficile pensare a qualcosa di diverso dalle tue unghie, ma abbiamo due poveri animali, devono mangiare e fare i loro bisogni.»

«C'è un posto magnifico in cui mi vorrei fermare a pranzo. Farò un post con i fiocchi! Come facevi a sapere che volevo proprio venire qui?» segue il suo monologo, parallelo al mio.

«Fidati, Olli, non lo sapevo», borbotto, seccato. «E, se anche l'avessi saputo, non avrebbe fatto alcuna differenza. Non ho deciso di fermarmi qui allo scopo di allietarti.»

«Ok, adesso... gira a destra, alla rotonda prendi la seconda uscita», mi pilota, tutta concentrata sullo schermo del telefonino con le indicazioni stradali.

La seguo perché non ho la forza di contraddirla e so già che la sentirò lamentarsi di tutti gli altri posti in cui la porterò, quindi credo sia meglio assecondarla sul ristorante dell'unico luogo che sarà di suo gradimento.

11. Olivia

Chi avrebbe mai detto che viaggiare con Leopoldo sarebbe stato tanto piacevole?

Io, no di certo. È stato davvero carino: mi ha ascoltato educatamente mentre gli raccontavo prima della frustrazione per come è finita con Luke, poi delle mie idee per la prossima Fashion Week.

Leopoldo è un ascoltatore fantastico! Non ci ero mai stata a tu per tu tanto a lungo da rendermene conto prima d'ora.

E poi, Nizza: che sogno! Ricordo quando la mamma ci portava qui per imparare il francese – tutta fatica sprecata, almeno per me: mai imparato una parola! Da tempo sognavo di tornarci e di riuscire a viverla diversamente, non come l'incubo dell'ennesimo corso imposto da mia madre, ma come una romantica città da scoprire.

Leopoldo ha pensato a tutto: ha messo l'auto a ricaricare, ha liberato Schumacher per farlo passeggiare un po' e gli ha dato da mangiare; voleva occuparsi anche di Holly Golightly, che però dorme un sonno pacifico e profondo.

Il ristorante in cui ci siamo fermati a pranzare – il Restaurant Le Plongeoir – sorge in cima a uno scoglio da cui posso scattare foto mozzafiato. Durante il pranzo, decido che è arrivato il momento di chiedere a Leopoldo un altro, piccolissimo favore – e farlo davanti a queste portate raffinate e gustose rende tutto decisamente più facile.

Inizio illustrandogli il mio ultimo progetto sulle vacanze in coppia. Lui mi ascolta attentamente, senza fiatare. «E così, sarebbe fantastico se, già che siamo qui insieme, potessi usare le tue mani e riprenderti dal dietro ogni tanto, per far vedere che non sono in giro da sola. Ti va?»

Sembra troppo impegnato a guardare il suo piatto e gustare il branzino per rispondere.

«Leo?»

«Eh?»

«Per te va bene?»

«Cosa?»

«Non mi stavi ascoltando?» chiedo, con le braccia incrociate al petto.

«Sì, sì... Solo che... a volte parli così veloce... Mi perdo i pezzi.»

«Posso usarti come finto fidanzato per le foto? Nessuno ti riconoscerà, tranquillo.»

«Olli...»

«Non te ne accorgerai nemmeno! Ti prego», supplico con le mani giunte in preghiera e il mio sorriso migliore.

«Purché non diventi una seccatura», mi concede facilmente.

Dopo pranzo, lo convinco a fare una passeggiata sul lungomare di Nizza e scattare qualche foto per l'articolo.

«Ok, fa' gli scatti con il mio telefono, per favore», dico, consegnandogli la metà della mia anima. «Fai finta di porgermi qualcosa, così puoi inquadrarti la mano… vediamo…»

«Un gelato?» propone annoiato, indicando un simpatico carretto dei gelati vintage che staziona sul lungomare.

«Lo vedi, sei bravissimo!»

Leo acquista il cono, si mette accanto al carretto dei gelati, di modo da riprenderlo parzialmente, e punta la camera su di me, che poso graziosamente davanti al mare. Tende il braccio con il gelato per inquadrarlo e scatta qualche foto.

«Bene, adesso basta con queste porcherie», sentenzia con aria seccata, lanciandomi il telefono e addentando il gelato.

Per fortuna prendo il cellulare al volo. Se non fosse per lo spavento che mi sono presa vedendo il mio smartphone volare per aria, mi sarei sicuramente impalata a studiare come Leo possa effettivamente addentare il gelato – non gli fanno male i denti?

«Sei matto? Non farlo mai più», lo riprendo.

«Buono», annuncia in tutta risposta. «Ne vuoi un po'?» Mi sta offrendo la punta del cono, unica parte rimasta.

«Sei proprio generoso», mi limito a constatare con della facile ironia.

Arrivati alla macchina, Leo conduce una complessa serie di procedure per staccarla dalla carica. Quando ci rimettiamo in moto, esamino curiosa gli scatti sul telefono.

Mi avvedo con orrore che le immagini sono caratterizzate dalla presenza di una manona gigante, pelosa e piena di... che schifo, ma che cosa sono quelli, calli?!?!

Mi volto di scatto a osservare le mani di Leopoldo, rilassate sul volante.

Sono mani gigantesche! E pelose! E piene di... che schifo, quelli sono proprio calli!

Mi schiarisco la voce. «Allora... prossima fermata, Cannes?» domando con un sorriso che cerca di mascherare il mio trauma.

Cerco di essere pratica. Una volta a Cannes, lo trascinerò in un centro estetico per sottoporlo a una manicure (e, già che ci siamo, pedicure) curative. E magari anche una bella ceretta.

Lui non risponde, lo sguardo fisso sulla strada.

«Leopoldo?»

«Che cosa, scusa?»

«La nostra meta è Cannes, no?»

«No.»

«Come no? E allora dove stiamo andando?»

«Sorpresa», mi stuzzica, sorridendo.

Uhm, curioso. Non sorride spesso, Leo. Ha dei bei denti, un bel sorriso. Peccato lo mostri così di rado.

Dove caspiterina mi starà portando?

Beh, in ogni caso, sempre di Costa Azzurra si tratterà.

Sbircio su Google Maps per capire dove ci stiamo dirigendo, ma il pallino blu continua a muoversi in direzione di Cannes.

«Che ne è stato di Holly Golightly?» domanda il mio amico, sbirciando nello specchietto retrovisore per assicurarsi che le nostre bestie non si siano mangiate a vicenda. Schumi sarà anche un Bracco di Weimar, ma non ha un briciolo del carattere della mia Certosina *mignon*.

«Oh, niente, è sempre quieta quando le do il Biocanina e l'Acepromazina.»

Il suo profilo si contrae in un'espressione di incredulità. «Hai dato un antinausea al gatto? E dei sedativi?»

«Holly Golightly soffre terribilmente il mal d'auto. Non c'è altro modo di portarla in giro se non imbottendola di farmaci.»

«Tu sei una criminale e appena torniamo a Milano chiamo l'ENPA per fartela portare via. Anzi, l'adotto io.»

«Accomodati pure, per me non c'è problema», rispondo, abbassando lo sportello interno con lo specchio e stendendo un velo di lipstick *matt*.

Leopoldo sbuffa, ma non commenta.

Guardo fuori dal finestrino. Abbiamo superato Cannes e ora… Siamo ancora in autostrada, però il GPS indica che ci stiamo allontanando dal mare. Sembra… quelle laggiù sono montagne?

«Leopoldo, dove mi stai portando?»

«Indovina», mi tortura, sadico.

«Leopoldo, non fare idiozie! Guarda che scendo dall'auto.»

«Accomodati pure, per me non c'è problema», ribatte, ripagandomi della stessa moneta di poco fa.

Inspiro, cercando di accumulare forza e coraggio.

«Leopoldo… dimmi almeno dove siamo diretti.»

«Alle Gole del Verdon, *ma chérie.*»

12. Leopoldo

Sognavo di venire qui da tempo. È una di quelle gite facili, veloci, che perciò si rimandano sempre. Le Gole del Verdon sono il più grande canyon d'Europa, un luogo perfetto per sbizzarrirmi con le attività più svariate.

Mi avvio verso uno dei tanti camping di Castellane, il primo paese della riserva naturale.

Olivia si è finalmente zittita dopo che le ho rivelato la nostra meta: si è eclissata per leggere diligentemente tutte le informazioni reperibili in rete su questo posto. Credo abbia fatto uno sforzo per non urlare quando si è resa conto che la meta del nostro viaggio non è Saint-Tropez, ma sa anche lei che non è nella posizione di lamentarsi.

«Ah, guarda: sul sito del turismo di Verdon consigliano diversi alberghi. Certo, non si tratta di location da Mille e una notte, ma sembrano puliti», dice, senza riuscire a nascondere tutta la delusione di non essere a Cannes in un hotel 5 stelle, puntando allo schermo del suo telefono. Non si è accorta che ho già superato e pagato l'ingresso di un campeggio; probabilmente non sa nemmeno come sono fatti, i campeggi.

«Va bene, dopo ci pensiamo», temporeggio.

«Cosa hai pagato prima?»

«Un pedaggio per la riserva naturale», mento. Voglio vedere fino a che punto è convinta che la porterò a dormire in un hotel.

«Parli francese?» chiede, impressionata.

«So solo qualche frase di sopravvivenza.»

Olli passa, quindi, alla ricerca di ristoranti per la cena.

«Oddio… Qui la scelta è davvero ristretta; forse possiamo proseguire e andare nel prossimo paese?»

Mi stringo nelle spalle. «Poi vediamo. Sono solo le 18.»

Accosto la macchina nella piazzola che il ragazzo all'ingresso mi ha assegnato e spengo il motore.

«Cosa fai? Ci fermiamo qui?»

«Benvenuta nella nostra nuova casa», svelo, infine, tirando il freno a mano e saltando giù dal pick-up.

«Prego?» strilla, scendendo dall'auto e seguendomi verso il bagagliaio.

«Ora liberiamo gli animali, monto la tenda e poi ce ne andiamo a cena.»

«Monti la tenda? Dove cavolo mi hai portata? In un campeggio?»

«Noto con piacere che alla fine ci sei arrivata», commento, estraendo dal portabagagli la tenda e i picchetti.

Schumi balza giù dall'auto, libero anche Holly Golightly dalla cassetta. Mi pare ancora un po' stordita, ma almeno si regge sulle zampe mentre perlustra lentamente la zona. Povera gattina!

«Mi avevi detto che avremmo dormito in un albergo!» si lamenta la mia petulante compagna di viaggio.

«No, non l'ho fatto.»

Olivia se ne sta lì, in piedi, con le braccia conserte. Mi incenerisce con lo sguardo, senza il coraggio di proferire parola. D'altronde, è stata lei a volere questa bicicletta: ora le tocca pedalare.

«Beh, puoi almeno dirmi qual è il mio bagno qui? Dove devo andare?»

Il suo bagno? Ma cosa dice?

Ah! Forse, non essendo mai stata in campeggio, pensa ci sia una toilette per ogni piazzola. Magari con accesso privato e jacuzzi.

«Segui la direzione "WC"», mi limito a indicarle, mentre mi accingo a piantare i picchetti per la tenda.

Olli sbatte i piedi, sollevando un po' di terra, e, furiosa, si allontana alla ricerca del *suo* bagno, abbracciata a un beauty-case grande quanto una cesta da picnic.

Molto bene: massimo due giorni e se ne tornerà a Milano con la coda tra le gambe.

13. Olivia

Dove cavolo mi ha portata quel cavernicolo di Leopoldo? Qui c'è un cartello con scritto "WC" e una freccia, ma non è chiaro se sia il nostro.

Dopo aver vagato senza meta per diversi minuti, mi decido a chiedere indicazioni. «Buonasera», mi rivolgo sorridente a una coppia che cammina in direzione opposta alla mia. «Sapete come si trova il proprio bagno?»

I due si guardano, confusi, poi guardano me, confusi. «*Sorry, we don't understand. Do you speak English?*[8]»

«Servizi? WC?»

«*What?*»

«*Toilette?*» tento con l'unica parola francese che conosco.

«*Oh, yeah. Toilette. Keep going straight*[9]», dicono, indicando con la mano di andare sempre dritto. «*Straight, straight*», ripetono.

Streit? Dev'essere proprio minuscolo, questo bagno, se continuano a dirmi che è stretto. Beh, non mi fa piacere sapere che è pure scomodo, oltre che lontano, ma devo assolutamente fare pipì e sistemarmi il trucco. Più tardi

---

[8] "Ci dispiace, non ti capiamo. Parli inglese?", ingl.
[9] "Oh, ma certo. Il bagno. Continua a camminare dritto", ingl.

andrò a lamentarmi con il direttore del campeggio e pretenderò una toilette più vicina e grande.

Arrivo finalmente a un ampio spazio piastrellato di bianco, a cielo aperto, che recita solo una generica divisione tra uomini e donne. Meglio di niente, almeno non è stretto come mi hanno detto quelli lì. Cercherò il mio bagno più tardi.

Mi accosto al lavandino, guardandomi intorno alla ricerca di una mensolina su cui appoggiare il beauty-case, però non ne trovo nessuna. Sbuffo e, circondando il mio prezioso contenitore con il braccio, lo apro e con la mano libera estraggo e applico i prodotti che mi servono. Certo, con una mano non è semplice, ma non so dove altro tenere il cofanetto se non tra le mie braccia; di appoggiarlo a terra, non se ne parla. Urinare senza toccare l'asse e con il beauty-case in bilico sulle ginocchia si rivela, poi, un'impresa ancora più acrobatica, ma vi risparmio ulteriori dettagli indecorosi.

Terminata la mia simpatica avventura, torno alla piazzuola, o come diavolo si chiama. Mi ci vuole un po', perché mi perdo svariate volte, gli alberi qui sono tutti uguali – anche fossero diversi, non saprei riconoscerli – e i tacchi affondano irrimediabilmente nel terriccio.

Ritrovo la nostra postazione solo perché Schumi abbaia.

Al mio arrivo, vedo una tenda montata, Schumi e Holly Golightly che mangiano tranquilli dalle loro rispettive ciotole e Leopoldo, a petto nudo e con un costume. Si sta tamponando con un asciugamano e non posso fare a meno di notare quanto sia peloso. Bleah!

«Ma... ti sei fatto una doccia?» Com'è che lui ha trovato il nostro bagno e io no?

«No, sto per farla ora. Sono andato a nuotare un po' al lago, l'acqua è stupenda. Tu, dove sei stata tutto questo tempo?»

«In bagno. Non ho trovato il nostro, ma va bene comunque... Dovevo solo darmi una sistemata, quindi l'ho fatto nei servizi pubblici. Dopo cena mi spiegherai come funziona qui», dico con gli occhi già puntati al cellulare: Géraldine ha provato a contattarmi.

«Olli?» mi chiama Leo.

«Mh», mugugno, mentre apro la nota vocale della mia capa.

«Mi dispiace deluderti, ma non c'è un bagno nostro, né tantomeno tuo.»

Sollevo lo sguardo su di lui. «Eh?»

«I campeggi funzionano così.»

Sono stanca. Sono davvero troppo stanca per rispondere. Non ho dormito per due notti di fila e gli eventi degli ultimi tre giorni mi hanno prosciugata tanto da non lasciarmi le energie per discutere – sintomo di prossimità alla morte.

Ma domani mi sente. Oh, se mi sente! Vedrete.

«Vado a lavarmi, poi andiamo a cena», annuncia con un tono di voce che mi sembra leggermente più dolce del solito – ma, forse, è la stanchezza che mi fa sembrare tutto più sopportabile.

«Leo.»

«Dimmi.»

«Tu e io dormiamo nella stessa tenda?»

Non sembra molto felice. «Solo una, ne avevo. Domani magari riusciamo a noleggiarne un'altra.»

Annuisco e lui si allontana. Apro la zip della tenda e metto la testa dentro per scrutarla. Ci sono due sacchi a pelo ordinatamente disposti a ogni lato; uno dei due è sopra un materassino gonfiabile. In mezzo, c'è un corridoio abbastanza ampio.

Forse potrei stendermi cinque minuti, mentre aspetto che Leopoldo si prepari per andare a cena.

Gattono dentro e mi stendo sopra al sacco a pelo più alto.

Mh, non si sta male, qui…

Però, che schifo trascorrere la prima notte di vacanza in campeggio. È tipico di quello zotico di Leo andare in posti brutti, fare cose noiose, trovare sistemazioni scomode.

Chiudo appena gli occhi, smetto di pensare e…

14. Leopoldo

Non ho chiuso occhio tutta la notte. E non tanto perché Olivia si è appropriata del mio materassino, costringendomi a dormire per terra – chi voglio ingannare? Glielo avrei ceduto comunque, anche se non ce l'avessi trovata già spaparanzata sopra, pena l'essere inseguito in sogno da Nonna Eloisa con il mattarello. A tenermi sveglio è stato il trombone che Olli ha al posto del naso!

Ve lo assicuro, ho dormito con tantissime persone, soprattutto quando facevo lo scout, ma mai nessuno mi aveva privato del sonno fino ad ora. Alle 6, rinunciando completamente al riposo, ho portato Schumi per una corsa e mi sono fermato in una caffetteria di Castellane a prendere delle brioche per la colazione.

Al mio ritorno, Olivia ancora dorme; preparo la moka per il caffè e, seduto su un plaid, leggo le notizie sul giornale online.

A un certo punto, sento la zip della tenda aprirsi. Ne esce la testa di Olli, con gli occhi socchiusi per proteggersi dal sole, i capelli arruffati, la camicetta stropicciata: non l'ho mai vista così… umana.

Mi guarda con aria a metà tra l'interrogativo e il catatonico.

«Che ora è? Dove ci troviamo? Perché ho indosso i vestiti di ieri?» inizia a martellare.

«Sono le 7.30; ci troviamo sempre a Castellane del Verdon; perché ti sei addormentata mentre aspettavi che andassimo a cena.»

«Dov'è il bagno?» domanda con la fronte accartocciata per la luce.

«Dov'era ieri. Segui le indicazioni.»

«Non potevi scegliere una piazzetta più vicina?» mi apostrofa, gattonando fuori dalla tenda e avviandosi al pick-up per recuperare gli asciugamani e un cambio.

«Si chiama piazzola, non piazzetta.»

«Mi corregge pure, mi corregge», brontola.

Accarezzo appena la testa di Schumi, che recepisce subito il messaggio: balza scodinzolante, scortando Olivia in bagno e attendendo quei due lustri che le servono per sistemarsi.

Poi, la riporta indietro: Olli ha i capelli legati in una lunga coda, il viso disteso e perfetto, una canottiera e dei pantaloncini. E – udite, udite – calza delle normalissime scarpe da tennis.

«Mi rincuora sapere che non hai portato solo abiti da *red carpet*.»

Lei si guarda intorno con aria scontrosa. «Non ci sono sedie qui? Devo sedermi a terra?»

Non rispondo, assorto nella lettura.

«Già non sono riuscita a farmi la doccia, ho dovuto lavarmi a pezzi nel lavandino, con gli asciugamani stretti tra le gambe e i sapone in bilico tra una mano e l'altra», si lamenta.

«Quale ostacolo ti ha impedito di farti una doccia?»

«Non c'è uno spogliatoio, né un mobiletto per appoggiare le cose. Come si fa?»

«Più tardi, ti inizierò all'occulta arte di usare i bagni dei campeggi», bofonchio, continuando a leggere il giornale.

Si siede sul plaid di fronte a me, a gambe incrociate, e si serve di caffè e brioche senza complimenti.

«Queste chi le ha portate?» si interessa tra un boccone vorace e l'altro.

«Holly Golightly», scherzo.

Non si accorge della mia battuta, prova che non ascolta nemmeno le risposte alle domande che fa.

«Allora, cosa facciamo oggi?»

«Io vado a fare rafting, tu puoi intrattenerti con quello che più ti aggrada. Tieni, qui c'è un opuscolo con tutte le attività che Castellane offre». Le porgo una brochure presa al centro informazioni del villaggio.

«Uh, vai a fare rafting? Davvero? Posso venire anch'io?»

«Il rafting non fa per te, fidati.»

Rinuncio a leggere le notizie, visto che Olli non fa che parlarmi; comincio a ripulire le tazze della colazione e a riordinare la nostra piazzola.

«Perché no?»

«Perché», spiego, preparando la colazione anche per Schumacher e Holly Golightly, «nel rafting bisogna lasciarsi andare: è accettazione pura dell'ignoto, adrenalina che scorre, muoversi nel buio totale. E tu sei una maniaca del controllo.»

«Sono venuta qui con te senza sapere dove fossi diretto e senza essere al corrente delle... modalità», sottolinea, indicando la tenda. «Cosa ti fa credere che sia una maniaca del controllo?»

«Hai sempre pianificato ogni minimo, insignificante dettaglio di qualsiasi cosa», le faccio notare, portando fuori i sacchi a pelo per far loro prendere aria. «Se sei qui a compiere questo salto nel vuoto, è solo per disperazione.»

Per la cronaca, la signorina qui non sta facendo un bel niente, se ne sta lì seduta con le braccia conserte mentre io mi do da fare...

«E va bene, preferisco calcolare in anticipo quello cui andrò incontro, però questo non esclude il mio interesse nel provare cose nuove. Ho sempre voluto fare rafting, in realtà, e penso sarebbe interessante includere una simile esperienza nell'articolo. Se non ne approfitto ora che ci sei tu ad aiutarmi, non credo mi ricapiterà più l'occasione.»

«Si può sapere perché diavolo hai l'ansia di muoverti per conto tuo?» chiedo, intento a pulire la lettiera di Holly Golightly. «Dopo tutti gli anni di analisi che hai fatto, non dovresti averla superata, qualsiasi roba sia?»

Ok, lo so, mi è uscita male. Non volevo fare lo stronzo, solo… beh, avete capito, no?

«Se vuoi te ne parlo stasera a cena, è una storia lunga.»

Oh dio, che ho fatto?

«Non ti piacerà il rafting», provo a farla ragionare.

«Certo che mi piacerà.»

«Fidati, ti dico che non ti piacerà.»

«E io ti dico che, invece, mi piacerà.»

15.   Olivia

Niente, aveva ragione lui. Fare rafting non mi è piaciuto nemmeno un po'.

Sì, pubblicare il post con il caschetto e il gommoncino mi ha fruttato un sacco di *like* e nuovi follower, ma l'esperienza in sé è stata terrificante. Non so come la gente si possa sottoporre volontariamente a una simile tortura: tra i colpi, le rocce, i vuoti d'aria, gli schizzi d'acqua… non capisco proprio che cosa ci sia di divertente. Poi, farlo insieme a Leopoldo, quell'assatanato… Lasciamo perdere! Lieta di averlo provato una volta, ma sono a posto così, grazie.

Terminata la magica avventura, io e Leopoldo abbiamo consumato un pranzo frugale presso una specie di bar-furgoncino parcheggiato vicino alla stazione di noleggio dell'attrezzatura da rafting – sorvoliamo anche sulla tristezza di questo pasto.

Leopoldo si è volatilizzato subito dopo, mentre io ho trascorso una buona quantità di tempo a meditare su come approcciare la questione "doccia". Non mi sono mai dovuta lavare in un bagno pubblico, usato da chissà quante persone – che schifo! Non ho voglia di aspettare che Leopoldo completi il suo triathlon prima di spiegarmi i trucchi per utilizzare i servizi del campeggio in sicurezza, così ho deciso di arrangiarmi da sola. Sono giunta alla conclusione che l'unico modo di affrontare questa impresa è spogliarmi in tenda, camminare fino in Culandia per raggiungere le docce in accappatoio e, quindi, rivestirmi in tenda. Ho messo shampoo e bagnoschiuma nelle tasche dell'accappatoio, così non dovrò appoggiarli da nessuna parte.

La mia si è rivelata una soluzione efficace: tre ore dopo, sono finalmente pulita e profumata.

Non so dove sia Leopoldo; sì, mi ha detto che sarebbe andato ad arrampicare, ma… quanto tempo può passare uno ad andare su e giù per una parete di roccia?

Mi sembra un buon momento per esplorare il villaggio, a pochi metri dal campeggio. Con Google Maps alla mano e il portatile in borsa, mi avventuro in una piacevole passeggiata tra tante cose verdi, e, raggiunto il centro, individuo un caffè un po' meno peggiore degli altri, con tavolini all'aperto e connessione internet, presso cui decido di fermarmi per lavorare un po'.

Il cappuccino che mi servono fa pena, ma riesco a buttare giù alcune idee per l'articolo. Invio i primi appunti a Géraldine che, come se non aspettasse altro, mi chiama all'istante.

«Ho letto le tue note, *chérie*. Quelli della *Côte d'Azur* sono un po' piatti, ma lo spunto del rafting *est phénoménal*[10]!» commenta entusiasta.

---

[10] "è straordinario", franc.

«Grazie», sorrido compiaciuta.

«Tuttavia, non ho capito precisamente che taglio vuoi dare all'articolo.»

Bene, allora siamo in due.

Improvviso: «A quante coppie capiterà di avere esigenze e interessi molto diversi? Con questo servizio presenterò una proposta che soddisfi contemporaneamente le necessità di un compagno iperattivo e avventuroso e quelle di una giovane donna in carriera, che ha bisogno di connettersi con il mondo h24 e predilige luoghi raffinati e attività rilassanti.»

«Brava… Uno sguardo alla schizofrenia delle coppie di oggi…» soppesa la mia soluzione. «Mi piace!»

«Ne sono lieta.»

«Non so chi sia il tuo nuovo Mr Freedom, ma promette bene. Sembra davvero *libre*[11].»

Sicuro! Le piace perché non l'ha mai visto; Géraldine sverrebbe al solo pensiero di viaggiare su un pick-up.

La nostra telefonata termina proprio quando un orrendo lezzo di sudore mi avvolge. «Lavori?» domanda Leo, in piedi accanto a me. È sudato da far senso, ha dei pantaloncini lunghi fino alle ginocchia e una canottiera arancione sdrucita. A completare l'opera di sciatteria, una bandana dal motivo improponibile gli fascia la testa.

So che molte donne trovano attraenti i tipi sportivi: pensano che fasci di muscoli definiti e luccicanti per il sudore siano sexy. Beh, io *non* sono una di quelle donne.

---

[11] "libero", franc.

«Puzzi», segnalo senza mezzi termini.

«Mi farò una doccia», mi assicura, sedendosi di fronte a me e chiamando la cameriera. Ordina una quantità di cibo che sarebbe sufficiente a sfamare una famiglia e poi si rilassa sulla sedia.

«Come facevi a sapere che ero qui?»

«È la caffetteria più vicina ai tuoi standard di igiene e ricercatezza in questo villaggio», risponde, aprendo una bottiglietta d'acqua e bevendola d'un sorso – ovviamente a canna.

«Ti sei divertito a fare… qualsiasi cosa stessi facendo?»

«Tanto. Tu, ti sei divertita a lavorare?»

«Immensamente. Ho avuto un'idea che alla mia capa è piaciuta molto». Gli svelo la mia intuizione, mentre i piatti che ha ordinato arrivano e lui inizia a ingurgitare tutto come un dinosauro. Non che sappia qualcosa sui dinosauri, ma erano enormi, perciò immagino mangiassero più o meno quanto Leopoldo.

«Quindi, lo scopo del tuo articolo è suggerire alle coppie mal assortite come sopravvivere in vacanza?» riassume, scettico.

«Non esattamente… all'incirca. Perché, secondo te è una brutta idea?»

Leo fa spallucce. «Non lo so, ma, secondo me, chi ha interessi tanto diversi non dovrebbe stare insieme. Non funziona mai.»

«Parli per esperienza personale?» Anche se conosco Leo dalle superiori, è sempre stato di una riservatezza da silenzio stampa sulla sua vita privata.

Emette un verso che, forse, vorrebbe essere una risposta vaga e va avanti a trangugiare solidi e liquidi come se non avesse mai mangiato in 29 anni di vita.

«Che cosa vuoi fare adesso?» Cambio discorso, rinunciando a farmi i fatti suoi – per il momento.

«Vuoi fare qualcos'altro *con me*?» chiede, smarrito.

«Non prima che ti faccia una doccia.»

«In tal caso, non c'è niente di meglio di una nuotata al lago.»

16. Leopoldo

Oggi non mi sono fermato un secondo. Tra la corsa del mattino, il rafting e l'arrampicata, ho anche trovato il tempo di fare una puntata al supermercato ad acquistare provviste per colazioni e cene che faremo in campeggio, e – devo ammetterlo – ora mi sento un po' stanco. Meglio, almeno stanotte sarò completamente tramortito e il russare di Olivia non mi impedirà di dormire.

Il bagno al lago è rigenerante e dopo una buona mezz'ora di nuoto, esco dall'acqua, mentre Olli sguazza ancora felice.

Per il momento si è rivelata meno assillante del previsto, ma non bisogna mai abbassare la guardia con questa qui. Ha un suo metodo scientifico: prima ti porta a credere che sia innocua, poi affonda il colpo. E, quando ti accorgi di essere stato fregato, è sempre, irrimediabilmente, troppo tardi.

Mi sdraio a riposare per un secondo sulla spiaggetta lacustre, poi mi risollevo a sedere. Olli smette di nuotare ed esce piano dall'acqua con una camminata che mi ricorda quella di Ursula Andress in *007 – Licenza di uccidere*. Le poche persone intorno a noi ammirano la sfilata con altrettanto piacere.

Olivia si siede accanto a me senza asciugarsi.

«Bella, l'acqua.»

Annuisco.

«È il motivo per cui non hai relazioni?» domanda, come se fosse il naturale proseguimento della conversazione. «Perché non pensi possa funzionare se si hanno interessi differenti?»

«Io ho delle relazioni.»

«Tu *dici* di avere delle relazioni; lo sai, vero, che non ci hai mai fatto conoscere nessuna delle ragazze con cui sei stato?»

«Stai insinuando che ho delle fidanzate immaginarie?»

«Mi limito a riportare i fatti, da brava giornalista.»

Tento di far morire naturalmente il discorso, ma Olivia non molla.

«Allora, com'è che non ci hai mai presentato nessuna?»

«Nessuna è mai stata abbastanza importante o duratura.»

«Ed è per questo, perché non trovi qualcuna con i tuoi stessi *hobby*?»

«Senti, è proprio necessario?»

«Cosa?»

«Questo… parlare di… cose… di sentimenti.»

Olli mi scoppia a ridere in faccia. «Ti turba così tanto?»

Sbuffo; non mi darà pace fino a che non le rispondo. «Credo abbia soprattutto a che fare con il modo in cui vedo i rapporti.»

«Cioè?» mi stana, non appena intravede uno spiraglio per ficcanasare.

«*Cioè*, non ho mai trovato una ragazza che intendesse la relazione come la intendo io.»

«Ovvero?»

«*Ovvero*, per me ognuno dovrebbe avere la sua vita e continuare a farla; si possono condividere delle cose, certo, ma tutto questo bisogno di stare perennemente insieme, fare compromessi, cambiare per l'altro, mandar giù cose che non ti stanno bene... Chi te lo fa fare?»

«Per essere uno che parla poco di sé, sembri dotato di spiccate capacità di autoanalisi», ammette, studiandomi.

«Essere riservati non significa non conoscersi.»

«Vero. Ora, per favore, puoi andare a farti una doccia?»

«Mi sono appena fatto un bagno nel lago», la stuzzico, mantenendo la mia espressione impassibile. «Sono già pulito.»

Il suo viso si tinge di indignazione. «Leopoldo, penso che dovremmo rivedere insieme le regole base dell'igiene personale.»

«Bla bla bla», le faccio il verso, alzandomi. «Vado, vado, stavo scherzando. Sappi che devi rifartela anche tu, se vuoi dormire nella tenda.»

«Farò finta tu non lo abbia realmente puntualizzato.»

«Sono stravolto, stasera resterei a mangiare in campeggio. Ci facciamo una pasta e via, va bene?»

«Ho scelta?» chiede, sdraiandosi sulla sabbia e chiudendo gli occhi per godersi gli ultimi raggi di sole, in uno dei gesti più spontanei che le abbia visto compiere da quando la conosco.

Sorrido e mi allontano senza aggiungere altro.

17. Olivia

Attendo la cena seduta per terra, accanto a un misero fuocherello.

Le pietanze sono in fase di preparazione su un tristissimo fornelletto da campeggio.

Le due bestie mangiano dalle loro ciotole alla nostra stessa altezza.

Indosso un *pile* formato gigante prestatomi da Leopoldo – mi aveva detto solo "abbigliamento sportivo", come potevo sapere che la sera avrebbe fatto freddo?

Insomma, il *non plus ultra* della tristezza. Ci credo che le storie di Leopoldo non durano! Se non dovessi scrivere il servizio per la rivista, me ne tornerei a casa in autostop, piuttosto che trascorrere un giorno di più in simili condizioni.

«Cos'è questo casino?» domanda Leopoldo, intento ad "apparecchiare" il plaid. «Il tuo telefono è più molesto del solito.»

Ha ragione. Da un paio d'ore continua a emettere dei bip che mi stanno snervando: sono quasi tentata di silenziare le notifiche di Instagram!

«È il rumore del successo che stai riscuotendo tra le mie follower.»

Leopoldo inarca un sopracciglio, invitandomi a proseguire.

«Quando ti sei immerso nel lago, oggi, ti ho fatto una foto da dietro e l'ho postata. Pensa un po' che cosa hai scatenato». Mi avvicino a lui e gli mostro la schermata delle notifiche.

«Mille commenti?» Mi guarda incredulo.

Faccio scorrere lo schermo su alcuni di loro.

«Ma non c'è scritto niente. Ci sono solo icone di… fiammelle e… pesche?» constata, confuso.

Sbatto le palpebre, incredula: davvero non sa che cosa significa?

«Il fuoco sta per "*hot*, sexy". La pesca, invece, vuol dire che hai un bel culetto», rivelo, spiando la sua reazione, già divertita a immaginarlo imbarazzato.

Invece no, non si imbarazza. «Da quando "pesca" è sinonimo di "sedere"?»

Non sembra minimamente lusingato; io, al suo posto, mi sentirei al settimo cielo.

Tra l'altro, vorrei proprio capire perché tutto questo chiasso: le mie follower non reagivano mica così quando postavo il retro di Luke. Mi viene voglia di osservare nuovamente la foto per cercare di comprendere il mistero; ma, siccome l'ho davanti in carne e ossa, guardo direttamente Leo, piegato a quattro zampe a sistemare le grinze del *plaid*. Ha le spalle larghe – a me sono sempre parse un po' spioventi, però larghe, sono larghe. Le gambe, che spuntano sotto i suoi pantaloncini corti, sono dritte e forti (anche se molto, molto pelose). Il posteriore è decisamente apprezzabile. Mh…

Devo risolvere il problema delle mani. Il piano dell'estetista, ahimè, non è attuabile fin tanto che stiamo intrappolati nella ridente Castellane.

«Olli, per favore, puoi prendere uno dei sughi pronti dal pick-up?» chiede Leopoldo, riscuotendomi dai miei pensieri. È tornato chino sul fornelletto da campeggio, dove sta cuocendo delle lugubri pennette.

Ecco, ci mancava solo questa: pasta e sugo pronto, probabilmente nemmeno riscaldato, dato che non vedo altre pentole in giro… l'apoteosi della depressione.

«Che chef sopraffino, sei», lo canzono mentre mi sporgo nel pick-up alla ricerca delle conserve.

Sposto a destra e manca le bottiglie e i barattoli che Leo ha ordinatamente impilato in una parte precisa del bagagliaio e mi sorprende trovare una confezione di camomilla.

«Leo?» dico, estraendo il pacco. «Com'è che c'è della camomilla? A te fa schifo.»

Mi guarda. Alla luce del fuoco i suoi occhi scuri brillano, ancora più intensi. Non dice niente.

«Allora?» insisto.

«Oggi sono andato a fare la spesa.»

«Sì, lo vedo…» Sostengo il suo sguardo per spingerlo a continuare.

«Così, niente, mi sembrava di ricordare che la sera ti piace bere la camomilla… e l'ho presa.»

«Ti ricordavi bene!» esclamo, sorridendo e passandogli il sugo.

«Vorrei evitare non riuscissi a dormire la notte e continuassi a parlare», aggiunge, come a giustificarsi, mentre con un colpo secco apre il barattolo.

All'improvviso provo tenerezza: mi sembra una delle accortezze più carine che mi siano mai state rivolte.

«Leo?» Solleva i gli occhi dal barattolo e li fissa nei miei. «Grazie. Sei stato molto premuroso.»

«Sono stato previdente, è diverso», risponde sulla difensiva. Si alza con la pentola tra le mani e va a scolare la pasta da qualche parte, in qualche modo.

Non voglio sapere dove, né tantomeno come.

***

La luce del giorno mi ferisce gli occhi con dolcezza, attutita dalla tela verde della tenda. Non indosso la mia mascherina da notte da ben due sere: la prima, perché mi sono addormentata come un sacco di patate; la seconda, premeditatamente. Avevo bisogno di un piccolo vantaggio su Leopoldo, e così…

Il mio amico sogna pacifico nel suo sacco a pelo. Non so come riesca a riposare sdraiato per terra. Io almeno dormo su un materassino; non è paragonabile a un materasso imbottito di lana, ma meglio del duro suolo.

Estraggo da sotto il sacco a pelo la striscia di ceretta a freddo che ho preparato ieri notte prima di coricarmi e inizio a frizionarla tra i palmi. Le mani di Leopoldo giacciono abbandonate fuori dal sacco a pelo: depilarne una sarà più che sufficiente al mio scopo, per le foto da postare su Instagram.

Mi chino su di lui e, per qualche strana ragione, sento il bisogno di osservarlo con calma, senza sentirmi giudicata. Non è sicuramente bello – non secondo i canoni: ha un naso importante e il viso è forse fin troppo squadrato. Non credo si sia più rasato da quando siamo qui, perché una barba scura e incolta gli copre mento e guance. Ha delle labbra carnose e invitanti e… Uh, guarda un po' qui: ha diversi peli tra le sopracciglia. Se non si sveglia con lo strappo di cera, mi dedicherò anche a sfoltirle.

Ok, è arrivato il momento di portare a termine l'Operazione Mani-pulite.

Separo i due fogli che compongono la striscia depilatoria e ne poso uno sul dorso della mano destra di Leopoldo, con tutta la delicatezza di cui sono capace. La massaggio per lasciar aderire il più possibile la cera alla peluria.

Accipicchia, questi sì che sono peli! Io mi lamento dei miei, ma dovreste proprio vedere quelli di Leo! Sono duri e folti e… Basta! Non posso far prevalere il mio istinto represso da estetista sulla necessità contingente. Una mano glabra è tutto quello che chiedo; poi, lo lascerò in pace.

Leopoldo continua a dormire e ora ha un'espressione buffa sul volto; forse, trova piacevole il massaggino sul dorso della mano.

Attenzione: devo essere concentrata per concludere l'impresa con uno strappo solo e non svegliarlo prima che l'opera sia compiuta.

Inizio a sollevare il lembo di carta con decisione, quando Leopoldo apre improvvisamente gli occhi, mi afferra i polsi e mi attira a sé.

«Oddio Olli, che spavento!» sospira. «Cosa stai facendo???» ruggisce, quindi, seguendo il mio sguardo. Si osserva la mano, coperta dalla lunga striscia di carta, e la solleva per studiarla, liberandomi dalla stretta. Si alza a sedere. «Mi stavi depilando?»

Ops. Sembra arrabbiato. «Ok, Leopoldo… So che può sembrare molto brutto, ma ascoltami», dico, mentre agita il braccio per osservare il corpo estraneo. «Io ho bisogno della tua mano. Senza peli.»

«Perché?» domanda con gli occhi strabuzzati, ancora velati dal sonno.

«Per… i post di Instagram», ammetto con un velo di imbarazzo. «E le foto per il reportage.»

«Tu sei una terrorista! Sei pericolosa per la società… Tu rechi danni psicologici e, ora, anche fisici!»

Che esagerazione! Va bene, ok, sono un po' invadente se *devo*, ma non mi sembra di essere un tale cataclisma…

Leopoldo esce dalla tenda, furioso. «E ora come lo tolgo?» si dispera, avviandosi alla fontanella d'acqua potabile della nostra piazzetta. Piazzuola. Vabbè, avete capito.

«Non farlo», intimo, immaginando la mossa assolutamente idiota che ha in mente. «Vieni qui, ora te lo strappo.»

«Sei una strega! Non mi farò strappare un bel niente, soprattutto da te!»

«Ti assicuro, non hai alternative meno dolorose. Più aspetti, peggio sarà perché…»

«Aaargh», grugnisce, staccandosi in un colpo solo la striscia di ceretta dalla pelle.

Hai capito, Leopoldo? Non sarebbe affatto male come estetista: strappo deciso e indolore.

O forse… non così indolore, visto che ora è accucciato e impreca – specialmente contro di me. Mi sembra di intravedere delle lacrime rigargli le guance, ma non ci metterei la mano sul fuoco perché ho troppa paura di avvicinarmi a lui per verificare.

«Tu», mi apostrofa, infine, rialzandosi in piedi e fissandomi con uno sguardo ferino. «Sei una pazza.»

«Quante storie… Pensa che io mi ci devo sottoporre una volta al mese, su quasi ogni pezzo di carne che ho. Inutile che fai tanto il macho – scali le montagne di qui, sollevi pesi di là – se poi, per uno strappetto, fai tutte queste scene.»

Il suo sguardo ferito, tradito, mi esplora come se fossi Hannibal the Cannibal.

«Vuoi provare a vedere quanto fa male all'inguine?» suggerisco, nel tentativo di ridimensionare il suo disappunto.

«Sparisci dalla mia vista per un paio d'ore», mugugna, superandomi e andando verso il bagno, seguito fedelmente da Schumi e Holly Golightly.

18. Leopoldo

Roba da non credere! Ho una striscia glabra che mi attraversa in diagonale il dorso della mano destra, opera di quella psicopatica che mi sono portato dietro.

Oggi ho cavalcato un po' e poi ho arrampicato, sono stato fuori il più a lungo possibile per non averla vicino. Rientro solo al tramonto: dopo una doccia, torno alla piazzola a vestirmi, con l'asciugamano arrotolato alla vita. Noto subito che Olivia è indaffaratissima con dei sospetti preparativi. Si è messa in tiro, ha un vestitino rosa – non saprei descriverlo, ma le sta bene – e delle scarpe con dei trampoli al posto dei tacchi giacciono vicino al plaid, pronte per essere calzate: qualcosa mi dice che non ha intenzione di cenare in campeggio con me.

«Vestiti decorosamente, stasera», ordina, inginocchiandosi sul plaid e disponendo una serie di inquietanti oggetti.

«Olivia, che cosa stai architettando?» chiedo, allarmato, afferrando una T-shirt dal mio zaino e mettendomela addosso.

«Ti porto nel mondo reale», svela, congelando la sua espressione facciale in un occhiolino forzato e afferrando un oggetto a forma di piccola tenaglia che avvicina pericolosamente agli occhi.

«Olli, attenta, non farti male!» esclamo impulsivamente alla vista di un atto così insensato.

Lei ride. «Tranquillo, lo uso tutti i giorni! È per curvare le ciglia», spiega da esperta, sventolando lo strumento per aria. «Vuoi provare?»

Al diavolo! Prima la ceretta e ora le ciglia curvate; ma per chi mi ha preso, per la sua bambola?

«Mi dici che cosa stai combinando?»

«Oh, già», riprende, studiandosi allo specchietto. «Andiamo a Castellane a bere un bicchiere con i nostri amici, dopo cena.»

«Di quali amici parli?» verifico, mentre da sotto l'asciugamano mi infilo i boxer e i jeans. La sua pazzia è già arrivata al punto da essersi fatta la sua cricca immaginaria?

«Anna e Filiberto; li ho conosciuti oggi», racconta, passandosi un pennellone sul viso. «Beh, in realtà ho conosciuto solo lei, ma questa sera ci vedremo anche con suo marito.»

«Io non ho voglia di venire», dichiaro, appendendo l'asciugamano a un filo per stendere i panni.

«Ok.»

«Come li raggiungi? Vuoi prendere il pick-up?» offro, iniziando ad allestire la cena.

«Oh, no, no, grazie; io, quel macchinone enorme, non lo guido. Ci andrò a piedi.»

«Avrai freddo, vestita così.»

«Non importa, soffrirò.»

Matta, è l'unica parola che mi viene in mente.

Osservo l'acqua nella pentola. Non ho voglia di passare la serata con questi sconosciuti, ma non mi piace l'idea di Olli che scorrazza per i boschi sola, di notte, vestita così… Non sono felice nemmeno di farle da tutore, però; è una donna adulta e ci sono già troppe persone che, pur volendole bene, non la ritengono capace di badare a se stessa.

Un secondo: forse accompagnarla non è una cattiva idea. Se ha fatto amicizia, posso sperare che si accodi al viaggio di altre persone e mi lasci in pace qui! Mmm… interessante…

In effetti, avrei dovuto pensarci prima. Olivia è una persona tendenzialmente estroversa, espansiva, adora attaccare bottone con gli estranei e credere subito che siano amici. Tuttavia, sebbene sua madre l'abbia spinta a imparare qualsiasi lingua viva esistente, non riesce a parlarne nessuna a parte l'italiano e qui non ci sono molti turisti della nostra penisola.

«Va bene, dai. Vengo anch'io». Una serata con la piattola e due sconosciuti a parlare del nulla è un prezzo piccolo da pagare per levarmela di torno.

Mi accomodo su una piccola roccia accanto al plaid e apro il romanzo di Wilbur Smith che mi sono portato dietro.

Non che riesca a leggere: la mia compagna di viaggio canta come se stesse partecipando alle audizioni di X-

Factor: «*If ai we abboi, ai fink ai cudd andesteee, auifiiil so lov a ghol, ai sue ai bia beddr meee…*»

Ma che lingua è? Forse è un canto popolare bhutanese?

Purtroppo riesco a intravederla con la coda dell'occhio, mentre, seduta composta sul plaid e ancora concentrata a guardarsi allo specchio, ondeggia con il busto per accompagnare le sue sillabe cantate. E la vista mi distrae ancora più del suo canto.

Finalmente Olli conclude la sua opera di restauro, smette di riempire l'aria delle sue note e si alza in piedi a riporre la strumentazione nel bagagliaio.

Provo a concentrarmi sul libro, ma una nuova distrazione interrompe la mia lettura.

Una nube di vapore profumato mi avvolge all'improvviso: una sensazione pungente mi invade la gola, costringendomi a tossire disperatamente. Mi volto e mi avvedo che Olivia sta girando intorno alla roccia su cui siedo con un tubetto in mano, spruzzandomi addosso abbondanti quantità di qualsiasi cosa ci sia là dentro.

«Che cosa stai facendo?»

«Ti profumo in vista dell'incontro con persone che non sanno che sei Shrek.»

«Ma che cos'è?» insisto, ignorando il suo commento.

«Deodorante», risponde, smettendo di agitare il tubo e mostrandomelo.

«Sai che questi prodotti sono responsabili dell'assottigliamento dello strato di Ozono?!»

«Non più; i clorofluorocarburi sono stati messi al bando da anni.»

«Ma i deodoranti spray continuano a disperdere sostanze inquinanti nell'ambiente», ribatto, non essendo assolutamente disposto a dargliela vinta.

«Sei un complottista.»

«E tu una minaccia alla salute pubblica. E poi, la vuoi smettere di cospargermi di profumo? Mi sono già lavato...»

«Non abbastanza, Leo. Non abbastanza.»

Mi sta davvero facendo perdere le staffe, oggi.

Per fortuna l'acqua inizia a bollire e, almeno, cucinare mi distrae. Mangiamo in un semi-silenzio, interrotto da qualche pigro intervento di Olli che mi chiede se ho intenzione di mangiare pasta tutti i giorni, se so che ingrassa.

Rassetto la piazzola, mentre lei si dedica a ulteriori, inutili ritocchi alla sua persona. Quindi ci incamminiamo verso il centro del paese, a pochi metri da noi.

«Ecco Anna e Filiberto!» annuncia gioiosa Olivia, sventolando le braccia in direzione di una coppia che ci attende davanti a un pub.

I due si avvicinano a salutarci: lei è piccolissima, coperta di lentiggini e ha un sorriso esageratamente ampio; lui è uno stangone, magro, imbellettato. Avranno una quarantina d'anni. Chissà dove li ha trovati, Olli. Decido che non è importante, perché sono il lascia-passare per la mia vacanza da sogno: devo convincerli a prendersi su questa zavorra e sarò un uomo libero!

Dopo una breve presentazione, chiediamo a uno dei camerieri se possiamo accomodarci all'aperto e prendiamo posto. Sono così contento della possibilità che si è appena presentata che decido addirittura di ordinare una birra. Non bevo quasi mai, sono un salutista tutto d'un pezzo, ma questa è una grande occasione e va celebrata.

Mi trovo a un capo del tavolo insieme alla donna. Olli e il tizio sono già immersi in una conversazione sugli accessori più trendy del momento. Sono davvero stupito quando la piccolina, con un fortissimo accento toscano, afferma: «Olli mi ha detto che sei un appassionato di windsurf; fai anche freestyle?»

«Tu vai in windsurf?»

«Vivo per il wind!» conferma entusiasta. «Tengo duro undici mesi all'anno per arrivare al momento di partire alla ricerca del vento. Siamo venuti qui giusto per vedere il canyon, ma domani ci spostiamo a Bonifacio, in Corsica.»

«Io mi sono portato dietro la tavola senza una meta precisa; pensavo di fare una puntata a Hyères, nei prossimi giorni.»

«Hyères è un'opzione, ma io ho pochissimo tempo a disposizione e preferisco andare sul sicuro. Non so quando sarà la nostra prossima vacanza e ho bisogno di uscire un po' in windsurf.»

«Fai bene.»

«Non ci posso credere! Lo ADORO!» Olli strilla enfatica dall'altra parte del tavolo, indicando il fazzoletto da collo di Filiberto.

«Vedrai, il cachi sarà il colore della prossima estate. Io anticipo le mode…»

«Lui viene con te?» domando ad Anna, indicando il manichino che l'accompagna.

Lei ride. «Si vede a colpo d'occhio che non è il tipo, eh?»

Sì, direi che si vede. Sembra uscito da *Il ritratto di Dorian Gray*.

Riesco solo a guardarla con occhio scettico. «E funziona?»

«Per forza, funziona – la si fa funzionare. D'altronde, mica puoi scegliere di chi innamorarti, no?»

Bah, avrei da ridire, ma non sono abbastanza interessato all'argomento per commentare ad alta voce.

Probabilmente, Anna coglie il mio scetticismo e prosegue: «Se ti succede di innamorarti di uno tanto, ma tanto diverso da te, che ci puoi fare? La si porta avanti e basta; è più semplice scendere a compromessi che rinunciare all'amore della tua vita.»

Continuo a non pensarla così, credo sia semplicemente impossibile "innamorarsi" – qualsiasi cosa significhi – di qualcuno agli antipodi, ma quest'Anna mi pare una tipina molto pragmatica, sensata, e, inaspettatamente, mi piace!

«Di che cosa ti occupi?» domanda.

«Sono avvocato; e voi?»

«Io insegno matematica alle medie, Fili è un dentista. Siamo di Pisa.»

«Ah». Non so con esattezza che cos'altro si dica in questi casi.

«Perché non venite con noi in Corsica, domani?» propone, divertita, con un tono di voce leggermente più alto, di modo da coinvolgere anche Olivia e Filiberto nella conversazione.

«Sarebbe meraviglioso!» esclama Olli, contenta.

Eccoci. Ci siamo: la mia opportunità!

«Tanto, guarda, qui vento non ce n'è», puntualizza Anna, rivolgendosi in particolare a me. «Se vuoi goderti un po' di wind, ti consiglio in ogni caso di cambiare zona.»

Io non confermo né smentisco, lascio che si gustino i *drink*. Un'altra ora trascorre così, quasi piacevolmente, a bere e a conversare con la coppia.

Sul ritorno verso casa, Olli domanda speranzosa: «Simpatici, no?»

«Molto», mugugno, senza troppo entusiasmo.

Come da copione, inizia a battere i denti per il freddo, quindi sono costretto a togliermi il maglione e darglielo perché si possa scaldare.

«Senti, come li hai conosciuti?» chiedo, fingendo interesse, per portarla lentamente a fare i bagagli e smammare.

«Oh, sai, alla fine i servizi pubblici si sono rivelati una fonte di conoscenze! Ho incontrato Anna nel bagno del bar dove ho lavorato oggi, aveva bisogno di un assorbente e abbiamo stretto amicizia.»

«Sono proprio necessari, i dettagli?»

«Senti un po', tu che fingi di essere tutt'uno con la natura, ma lo sai che le mestruazioni sono l'origine della vita, la cosa più naturale e comune del mondo? Parlarne dovrebbe essere assolutamente normale» ribatte, combattiva.

Nelle mie brevi ma numerose esperienze con le donne, ho imparato che, quando butta così, più a lungo si tace, meglio è.

Cala un breve silenzio, fino a che raggiungiamo la nostra piazzola.

«Ti propongo un patto», annuncia solenne Olli, sfilandosi le scarpe e restando a piedi nudi accanto alla nostra tenda.

Mi concentro sui lati positivi della serata: sta andando tutto bene, il momento in cui mi libererò di lei è molto vicino. «Sentiamo», la invito a proseguire.

«Non ti parlerò più di cicli mestruali, se andiamo in Corsica con Anna e Filiberto.»

«Non se ne parla.»

«Perché no?»

«Perché io sono già dove voglio essere.»

«Però io qui non mi sento a mio agio.»

«Bene, allora vacci tu con Anna e Filiberto.»

«Ma non ci posso andare da sola, scusa!»

«Stasera volevi passeggiare per i boschi al buio, vestita come Raperonzolo, per incontrarli senza nemmeno conoscerli!»

«Berci un calice di vino insieme è una cosa, ma partire con loro… Se sono due matti e mi rapiscono? O mi costringono a guardarli mentre fanno cosacce? Oppure… metti che mi impiantano un embrione e mi utilizzano come utero in affitto?» Si porta le mani alla pancia con aria terrorizzata. «Magari mi drogano, mi aprono in due e mi estraggono organi che poi vendono al mercato nero…»

«La tua immaginazione è malata quanto te», sentenzio, sfilandomi i jeans e indossando la tuta che uso come pigiama.

«Dai, non fare il bifolco! Potresti forse lasciarmi sola con due estranei?»

Inspiro al colmo dell'esasperazione ed entro in tenda per dormire e non sentirla parlare. Fuori è già buio pesto, accendo una pila per trovare la zip del sacco a pelo.

«Allora? Si può sapere che fine ha fatto la tua cavalleria?» insiste, seguendomi a gattoni.

Sì, dormiamo ancora nella stessa tenda: lei sul materassino, io per terra. Ho avuto la tentazione di comprare un'altra tenda e un altro materassino per ovviare alla frustrante condivisione di spazi, ma sarebbe stato arrendersi alla situazione. E invece, no: avere una sola tenda, dormire per terra, mi ricorda che tutto questo passerà, che non devo abituarmi alla presenza invadente di Olli.

«Non è mai esistita». Ignoro la visione di Nonna Eloisa munita di mattarello che si materializza davanti a me. Se voglio sopravvivere a questa disavventura, devo superare l'incubo di mia nonna che mi impone di comportarmi bene. «E comunque non devi mica andarci, puoi stare qui con me. Basta che ti zittisci», dico, entrando nel sacco a pelo.

«Ma qui mi annoio», continua, accucciandosi accanto al mio giaciglio. «Pensaci: questa è una situazione ottimale per entrambi! Tu potrai dedicarti al windsurf – ho sentito Anna spiegare che ci sono diversi posti per farlo in

Corsica, invece qui non c'è vento; io mi godrò spiagge private e locali.»

«Lasciami stare». Mi giro nel sacco a pelo in modo da voltarle le spalle.

«Ti preparo una camomilla? Mi sa che la birra ti ha agitato, si vede che non sei abituato a bere.»

So che cosa sta facendo: vuole prendermi per sfinimento. Ed è pericolosamente vicina a riuscire nel suo intento.

«Mi fa schifo, la camomilla», sibilo, mentre lei supera il varco senza sentirmi.

Il mio cellulare emette un bip; lo sollevo per leggere il messaggio, incuriosito. Di solito, non mi scrive anima viva quando sono in vacanza. È un messaggio da parte di Adelaide: aggrotto la fronte, non mi ha mai scritto prima – anzi, non sapevo nemmeno avesse il mio numero.

Fratello Sole, stai vegliando su Olli?

Entro in una sorta di trance, bombardato dall'assedio opprimente di cui sono vittima; perdo le coordinate spazio-temporali e sussulto quando la domanda di Olivia torna a ferirmi l'udito: «Allora, ci hai pensato su?»

Rientra in tenda con una camomilla fumante e inizia a soffiarci sopra per raffreddarla, come se accudirmi fosse improvvisamente diventata la missione della sua vita.

Ormai ha martellato tanto che la sento dentro le orecchie, quasi che il suono importuno della sua voce si autogenerasse dai miei canali uditivi.

«Sì», sbotto, tramortito. «Va bene, domani andiamo in Corsica. Adesso dammi tregua.»

Senza dire altro, spengo la pila, unica fonte di luce nella tenda, e chiudo gli occhi con la speranza che questo incubo giunga al termine, al mio risveglio.

19. Olivia

Ho lottato strenuamente, ho ottenuto ciò che volevo e mi sono già pentita della mia mossa.

Il cambio di programma da me tanto anelato si è rivelato una pessima idea, come le ultime Manolo Blahnik comprate in saldo. Abbiamo lasciato Castellane stamattina presto – anzi, stanotte: erano le 5 quando siamo partiti. Seguendo il furgoncino di Anna e Filiberto, Leo ha guidato fino a Tolone, dove ci siamo fermati un paio di ore per ricaricare il pick-up elettrico. Poi, abbiamo preso il traghetto che ci ha condotto ad Ajaccio e da lì ci siamo sparati altre due ore e mezzo di viaggio per raggiungere le Bocche di Bonifacio.

I miei compagni di avventura sono matti: hanno passato il tempo a parlare di venti e a monitorare app per controllarli – è incredibile, ma esistono applicazioni del genere. Per fortuna c'è Filiberto: Anna, la mia speranza di divertirmi, non fa che amplificare l'invasamento sportivo di Leopoldo.

Tra l'altro, credevo ci saremmo recati in albergo, una volta giunti alla sospirata meta. Non che Leo avesse espressamente accettato la mia richiesta di soggiornare in condizioni di comfort e igiene consone agli esseri umani, ma confidavo nel buon senso di Anna e Filiberto. Invece, sono caduta dalla padella alla brace: non solo ci accamperemo anche qui come profughi, ma i tre hanno deciso di recarsi direttamente alla spiaggia di Piantarella per dedicarsi a qualche ora di windsurf prima del tramonto.

Rassegnata, li ho seguiti – purtroppo, Filiberto non ha voluto venire con me in un bagno attrezzato. Mentre loro si danno allo sport matto e disperatissimo, io provo a intrattenermi da sola. L'impresa si rivela meno facile di quel che pensavo: il vento è un inferno. Non riesco a leggere né a scrivere, guardare il cellulare con il riflesso del sole è fastidioso e i ripetuti colpi d'aria mi stanno facendo salire un mal di testa folle.

Non potendo fare altro, decido di prendere il sole. Persino una simile, banalissima attività si rivela ardua: le raffiche continuano a sollevare i lembi del mio telo da mare, insaccandomici dentro come un cotechino. Metto a punto la posa della stella marina, di modo che il peso delle mie braccia e gambe stese in diagonale tenga fermo il telo da mare.

Una volta trovato agio nella bizzarra posizione, ne approfitto per raccogliere le idee. Leopoldo mi ha a stento rivolto la parola tutto il giorno, sembra davvero in collera con me e dovrei provare a rimediare… È pesante in circostanze normali, figuratevi quando è di cattivo umore.

Vediamo: mi sono imbucata a forza nella sua vacanza, dorme per terra da tre giorni e l'ho convinto a lasciare la sua meta di isolamento per accompagnarmi con due sconosciuti in un posto che non aveva nemmeno considerato. Ah, beh, poi c'è stato il disguido della ceretta.

Magari ho esagerato. Forse dovrei fare qualcosa per farmi perdonare.

Finalmente, Filiberto mi si avvicina proponendomi di andare con lui in centro. «Devo comprare un burro-cacao, questo vento mi ha distrutto le labbra.»

Accetto entusiasta, anche perché ho bisogno di effettuare un acquisto a mia volta.

Camminando per le vie affollate di Bonifacio, ci facciamo distrarre facilmente dalle poche vetrine interessanti.

«Avremmo potuto passare il pomeriggio in modo più divertente, mannaggia a te!» rimprovero Filiberto.

«Che vuoi che ti dica, bimba? Anna ha bisogno di vivere queste esperienze e io voglio farlo con lei.»

«Non ti piace fare windsurf, quindi?»

«Ne farei molto volentieri a meno.»

«E, allora, perché lo fai?»

«Ho iniziato per conoscere meglio Anna, quando si stava assieme i primi mesi. Mi sembrava impossibile riuscire a conoscerla fino in fondo senza sperimentare in prima persona quello che lei ama di più al mondo. Dopo aver constatato che gli sport d'acqua non sono il mio forte, ho comunque continuato… Non so, credo sia bello, in una coppia, poter condividere certe cose.»

Annuisco ascoltandolo, senza convincermi interamente della sua tesi.

«Io ho un'ossessione per gli acquarelli», continua.

«Ok.»

«Beh, è un amore che coltivo da sempre e a volte ho la necessità di condividerlo con Anna, sai? Di mostrarle i miei ultimi lavori, di chiederle consigli sull'abbinamento dei colori… Lei prova a interessarsi, a comprendere, anche se – lo so – *'un le piace punto*. Lo fa perché vuole condividere la mia passione e io voglio fare lo stesso con lei; capisci?»

No, non capisco, in realtà.

«Ok, dimmi qual è il tuo interesse più grande?» chiede.

Lo guardo. E, per quanto imbarazzante sia, non ho una risposta pronta.

«Avanti, una cosa che ti piace fare; la prima che ti viene in mente. Sono sicuro ne hai mille.»

Il mio cervello inizia a vorticare.

L'arte? No, non direi. L'ho studiata a forza e non è che mi abbia mai appassionata…

La musica? Certo, con un padre musicista sono abituata ad ascoltarla, mi diverte canticchiare, ma non sono un'intenditrice; lasciamo perdere i miei pietosi tentativi di suonare il violino!

Sport? NO!

«Forse è strano a dirsi – non è esattamente un *hobby*. Io sono innamorata del mio lavoro», rispondo alla fine.

Filiberto sorride comprensivo. «Che bella risposta! Vedrai, quando avrai qualcuno da amare, vorrai condividere questa passione, anche se pensi non possa capirla. E lui, o lei, vorrà sapere tutto di quello che ami, fosse la persona più distante dalle riviste di moda.»

Sorrido speranzosa; mi piace credere che sarà così.

Poi mi ricordo della mia missione: «Fili, sai dove posso comprare un materassino, da queste parti?»

20. Leopoldo

Non male il vento qui; niente affatto male! Questo pomeriggio è servito a svuotare la mente, a farmi sentire di nuovo libero, a emozionarmi.

Ritorno con Anna al campeggio; Schumi e Holly Golightly zampettano verso di me per accogliermi e, quando varco la nostra piazzola, trovo Olivia intenta a gonfiare un materassino con una pompa.

«Che cosa fai? Si è sgonfiato il materassino?»

«Questo è nuovo», rivela, continuando a premere con il piede sul pedale della pompa. «Per te.»

Inarco le sopracciglia, sorpreso: dov'è la fregatura?

«Mi dispiace di averti rovinato la vacanza, Leo», miagola, sbattendo le palpebre sui suoi occhi scuri, affilati come quelli di un gatto.

Perché questa rompiballe riesce immancabilmente ad averla vinta con me?

«Già che c'eri potevi prendere un'altra tenda.»

Olli si stringe nelle spalle. «Ci ho pensato. Ma… Leo, avrei paura a dormire da sola.»

«Vivi per conto tuo da tre anni, come puoi aver paura?»

«È diverso quando sono a casa mia, con la porta chiusa a chiave. Qui, invece, chiunque potrebbe aprire la zip della tenda, per non parlare degli animali. Sono abbastanza certa che nel mio prossimo futuro sarò aggredita da un orso, me lo ha detto Ada.»

Ah, beh. Se glielo ha detto Ada, sarà sicuramente così.

«Non ci sono orsi, qui.»

«Beh, in ogni caso avrei paura. Invece, sapere che sei nella tenda con me mi dà sicurezza.»

Qualcosa fa un rumore sospetto nel mio petto e mi accorgo di non riuscire a trattenere un sorriso ebete.

No, che avete capito? È perfettamente normale compiacersi per un'ammissione del genere. Noi uomini siamo geneticamente portati a proteggere, è un istinto primordiale. Ci fa sentire utili; proteggere è lo scopo delle nostre vite. Io, per esempio, ho dedicato la mia a proteggere l'ambiente…

Ah… lasciatemi perdere.

Ok, rifacciamo.

Dicevo.

Merda. Ho perso il filo del discorso.

***

Anna e Filiberto ci hanno proposto di cenare fuori e io sono stanco di mangiare la mia specialità – pasta al sugo della Barilla.

Ci hanno portato in un simpatico locale di Bonifacio, dove ho dato sfogo alle mie voglie più sfrenate, ordinando quasi la metà dei piatti elencati a menù.

Olli mi osserva schifata, ma non mi importa. Ho bisogno di avere la pancia piena e la testa vuota.

«Non ho capito, perché fate le vacanze insieme, se Olivia odia il campeggio?» domanda Anna nel bel mezzo della cena.

«Olli è venuta con me per scrivere un articolo», spiego, cercando di far suonare la nostra situazione meno strana di quanto non sia.

«Già. E per tenere compagnia a Leopoldo.»

«Che carina», commenta Anna.

Carina, proprio.

«Quindi, voi due non state insieme?» chiede Filiberto.

«No. Oh, no!» scongiura Olivia, con una smorfia di disgusto. «Noi siamo amici.»

«Bene, allora non faccio gaffe, se dico che c'è un mio collega perfetto per te?»

Olli è già tutta un pepe, si sposta i capelli da una parte all'altra. «Uh, un dentista!»

«Ma chi?» domanda sua moglie. «Niccolò o Leonardo?»

Approfitto del momento in cui gli sposini identificano l'aspirante martire per sussurrare a Olli: «Fai la schizzinosa e adesso ti eccita l'idea di uscire con uno che mette le mani in bocca a cani e porci?»

«Sei un orco», constata, dandomi un buffetto sulla guancia. «Come si chiama? Quanti anni ha? È figlio unico?» si informa poi, guardando di nuovo Filiberto.

Ma che cavolo le frega se è figlio unico o no?

«Quando posso conoscerlo? Ci incontriamo a Milano o a Pisa? O a metà strada?» continua, in modalità trapano a percussione.

Filiberto, al contrario, sembra voler già ritirare l'insana proposta: probabilmente, si è reso conto del danno irreparabile che farebbe presentando al suo amico questa zecca.

Dopo il dessert, Olivia si allontana per andare ai servizi.

«Fili, sei proprio un imbranato!» esclama Anna, appena Olli è abbastanza lontana da non sentirla, facendo cenno nella mia direzione.

Filiberto si porta una mano alla fronte. «Hai ragione, scusa, non ci ho pensato», dice, rivolgendosi a me.

«Eh?»

«Scusa, sono stato indelicato a proporre a Olivia l'appuntamento combinato.»

«Perché mi stai chiedendo scusa?»

La coppia mi guarda con incredulità.

«Bimbo… è ovvio, sei totalmente innamorato di lei.»

Scoppio in una risata incontrollata, che va avanti forse un pochino più del necessario.

«Credo ci sia stato un fraintendimento», dico alla fine, visto che i due non si sono uniti alle mie risa. «È la sorella del mio migliore amico, per questo sono protettivo con lei.»

«Sì», annuisce Filiberto. «Però non è quello…»

Sua moglie lo interrompe. «Bene, vuol dire che ci siamo sbagliati; sta tornando.»

«Lei, comunque, non si è accorta di nulla, significa che hai qualche chance», bisbiglia Filiberto a denti stretti, mentre Olli si siede nuovamente accanto a me.

Questi due sono suonati. Sono ancora più suonati della ventosa che mi porto dietro, anche se sembra impossibile.

«Non ci crederete», annuncia la mia amica, facendo ondeggiare magicamente i suoi capelli sul quel vestitino bianco. «Ho parlato con il proprietario del locale, mi ha detto che c'è una bellissima festa in spiaggia, stasera.»

«Ma se non parli una parola di francese», la smonto, sentendomi improvvisamente di pessimo umore.

«Il proprietario di questo ristorante è italiano.»

«Fico! Che festa è?» si informa Anna, chiaramente intrigata dal programma.

«Festa rock; si balla sulla spiaggia.»

«Bellissimo», esprime il suo entusiasmo Filiberto.

«Bene, divertitevi», auguro loro. «Io sono stravolto, torno in campeggio.»

«Come?» protesta Olivia.

«Sono sveglio dalle 5, sono cotto.»

«Lo siamo tutti; ma, di tempo per dormire, ce n'è sempre». Mi stringe l'avambraccio e mi guarda con quei suoi occhi… Con quei suoi occhi. «Che divertimento è, se non vieni? Non staremo a lungo, promesso!»

Sono un uomo spacciato; ora mi è chiaro più che mai.

21. Olivia

Cena fuori, festa in spiaggia, amici: questa sì che è vita! Altro che le rognose cene in campeggio con quelle paste collose che… bleah!

Mi rendo conto di aver esagerato spingendo Leopoldo tanto lontano dalla sua vacanza da misantropo, ma sono certa che un domani me ne sarà grato.

Io e Leopoldo siamo al bancone del bar della spiaggia a ordinare da bere, Anna e Filiberto si stanno scatenando sul bagnasciuga. Mentre Leopoldo cerca di attirare l'attenzione di uno dei baristi, noto che c'è un bonazzo che mi osserva all'estremità del bancone. È biondastro, con una polo bianca e la pelle arrossata dal sole.

«Per me ordina un Mint Julep, per favore.»

Leo parla al barista in francese, poi si volta verso di me: «Non hanno mai sentito il nome di questo cocktail.»

«Va bene, allora glielo insegno io, è facilissimo; tu traduci.»

Do le istruzioni necessarie per preparare il semplice *drink* a base di zucchero, menta e whiskey e il barman le esegue. Quando ci porge il bicchiere, invito Leo ad assaggiarlo; non beve quasi mai, ma vorrei sapere se gli piace. Non so niente di lui.

Incredibilmente, Leo non protesta; beve appena un sorso dal mio bicchiere ghiacciato. «È davvero forte», constata, aggrottando la fronte per la sorpresa.

«Ti piace?»

«Immaginavo bevessi quei cocktail troppo dolci, fruttati… Questo brucia, rinfresca e addolcisce allo stesso tempo.»

La sua descrizione così esatta mi fa sorridere.

«*Hi there*[12]», sento alle mie spalle.

Mi volto a incontrare il viso angelico del Bonazzo.

«I'm Mattia! Sorry to bother you, but I need to know where you're from[13]…»

Lo guardo sbattendo più volte le palpebre, interdetta: non ho capito una parola.

«È italiana, ti capisce», interviene Leopoldo, girando la testa a squadrarlo.

«Ah, bene! Dicevo, mi chiamo Mattia; io e il mio amico abbiamo fatto una scommessa sulla tua provenienza… Ma, a questo punto, nessuno dei due ci ha preso.»

«Quali erano le alternative?» domando, divertita.

«Io pensavo Thailandia, lui Hawaii.»

Sorrido; di solito è un generico: "Sei cinese o giapponese?"

Leopoldo allunga il braccio per passarmi il bicchiere, ma non accenna ad andarsene.

---

[12] "Ehilà", ingl.

[13] "Sono Mattia. Mi spiace disturbarti, ma ho bisogno di sapere da dove vieni", ingl.

«Amico, che ti sei fatto alla mano? Ti sei bruciato?» chiede Mattia incuriosito, guardando la striscia glabra di Leo.

«Sì, più o meno...»

E poi sta lì. Fermo.

«Leo, credo che Anna e Fili ti stiano cercando». Gli strizzo l'occhio a dire: "Smamma e lasciami parlare con il Bonazzo".

Leopoldo annuisce. «Li raggiungo; quando finisci, mi trovi lì.»

«È il tuo ragazzo?» indaga Mattia.

Devo essere rapida a pensare: se dico che è un mio amico, non mi mostro completamente disponibile – chi va in vacanza sola con un amico, se non una che per metà ci sta o ci vorrebbe stare? È fondamentale che Mattia capisca che sono libera come un fringuello, altrimenti si dilegua. Non posso nemmeno raccontare che è mio fratello, sicuramente ha notato che io ho gli occhi a mandorla e Leopoldo no.

«La mia guardia del corpo», rispondo, sorridendo.

«Sei famosa?»

«Mi piace pensarlo.»

Mattia ride. «Va bene... e, parlando sul serio, di dove sei?»

«Vivo a Milano.»

«Anche io! Senti... Credi che la tua "guardia del corpo" si allarmerebbe se ti invitassi a cena?»

Sorrido. «Farò in modo di tenerla a bada.»

Mattia annuisce. «Vedi quel panzone che vomita laggiù? È il mio amico. Non abbiamo fatto nessuna scommessa, era una scusa per venire a parlarti. Devo riportare a casa quell'ubriacone, ma non volevo andarmene senza averti conosciuto. Possiamo scambiarci i numeri?»

Ma che bel rimorchio! Sembra uno di quegli inizi promettenti.

Dopo aver sbrigato la formalità dello scambio numeri, Mattia mi saluta con un sorriso piacione. Torno dai miei compagni, raggiante.

«Qualcuno ha rimorchiato!» constata Filiberto.

«Così pare», gongolo.

Il mio cellulare trilla; lo guardo sperando si tratti già di Mattia.

Purtroppo è Géraldine, che con un messaggio secco mi chiede solo:

Nessun post su IG, oggi?

Cazzo! Mi sono completamente scordata di inserire qualche contenuto nuovo su Instagram. Ma come è possibile?

Devo recuperare subito…

Siamo a una festa in spiaggia, io sono vestita bene, Leo… anche, più o meno – sono riuscita a fargli mettere una camicia che ci ha prestato Filiberto; gli sta un po' attillata, ma almeno non è una delle sue orribili T-shirt.

«Anna, puoi farci una foto? È per il mio servizio.»

Le suggerisco di inquadrare me e Leopoldo di schiena mentre guardiamo il mare.

Il mio amico è ancora scorbutico, ma una blanda supplica è sufficiente a convincerlo a seguirmi sul bagnasciuga. Mi metto in piedi accanto a lui… e ora che faccio?

«Olli, prova a metterti di profilo», propone Anna.

La guardo dubbiosa.

«Sporgiti un po' verso Leopoldo, immagina di sussurrargli qualcosa all'orecchio, se no la foto è troppo statica, no?»

Potrebbe aver ragione. Seguo le sue indicazioni: mi alzo appena sulle punte dei piedi, avvicinandomi all'orecchio di Leo. Profuma e non di colonia da *macho man*. Sa di calore, di mare, di rosmarino. Non gli ero mai stata tanto vicina da percepirlo prima.

«Leo, tu circondale la vita con un braccio», indirizza Anna.

«Devo proprio?» sbraita lui, voltando un po' la testa per guardare Anna.

I nostri profili restano per un istante a pochissimi millimetri di distanza e un lieve tremito mi percorre la schiena.

Leo torna con lo sguardo verso il mare e mi cinge la vita, strattonandomi a sé con malcelato fastidio.

«Olli, sorridi! Che è quella faccia imbronciata?»

Cambio espressione a comando – ma perché ho il fiatone?

«Fatto! Scatti stupendi, venite a vedere!» esulta Anna.

Effettivamente, le foto sono bellissime. Ne carico velocemente una su Instagram, con una didascalia e hashtag a caso. Poi torno al presente che mi circonda, dove i miei amici ballano *Henrietta* dei The Fratellis.

Mi sorprende constatare che, nonostante siamo stati a molte feste insieme, non avevo mai visto Leo ballare… e per fortuna! Salta come un grillo qua e là, senza il minimo senso del ritmo, mentre la coppia d'oro al nostro fianco si esibisce in meravigliose piroette degne di una gara. «Amore, te l'avevo detto che il corso di boogie-woogie ci sarebbe tornato utile», esclama Filiberto, eccitato.

«Lo so!» urla Anna di rimando.

Che carini, hanno fatto un corso di ballo insieme!

Inizio a ondeggiare composta, limitandomi a disegnare dei semicerchi, ruotando il busto da una parte all'altra. Tanti libri, video su YouTube e film mi hanno insegnato che, se non sai ballare (ed è questo il caso), è meglio limitarsi a movimenti ripetitivi, lenti e anonimi.

«Olli, lasciati andare», mi invita Anna, ridendo. Lei e suo marito si staccano e iniziano a saltare come delle pulci, in stile Leopoldo.

Filiberto mi afferra una mano. «Sciogli il braccio, bimba.»

Mi sembrano un po' folli, ma, ora che ballano tutti e tre scalmanati, mi sento fuori posto a essere l'unica che si contiene.

Timidamente, agito un po' le braccia per aria. Poi la canzone cambia e *Bad Day* dei R.E.M. inizia a scorrermi nelle vene. Le gambe iniziano a scrollarsi da sole e mi trovo a saltare dondolando la testa e a cantare a squarciagola: «*Na na na naaa bad day teik a pi shoooo.*»

Anna e Filiberto tornano a saltellare uniti, mentre io mi agito di fronte a Leopoldo in una danza simile a quella di Giglio Tigrato davanti a Peter Pan.

«Brava, Olli! Così si fa!» mi motiva.

Mi guarda, ride – forse delle parole che mi sto inventando o forse del ballo. Riesco solo a ridere a mia volta, senza smettere di dimenarmi.

Poi... Non so perché.

Zampetto piano verso di lui.

Leo canta, guardandomi negli occhi e continuando a sorridere felice:

> *Broadcast me a joyful noise unto the times, Lord*
> *Count your blessings*
> *We're sick of being jerked around*
> *We all fall down*

Non ho idea di che cosa vogliano dire queste parole, ma mi sembrano molto sexy.

Leo ha un bel sorriso, comunque. Avrà delle mani pelose, ma ha un sorriso che stende.

Le mie braccia si alzano involontariamente a circondargli il collo, mentre continuo a saltellare sul posto.

E... non so perché.

Divento seria di colpo, i nostri occhi fissi in quelli dell'altro, il nostro respiro che si unisce. Mi sforzo di continuare a muovermi, anche se vorrei piantarmi qui ed esplorare ulteriormente questa vicinanza.

Leo, invece, si ferma e, per un attimo, posa le mani sui miei fianchi. Solo per un attimo.

Poi solleva le braccia, mi prende le mani che giacciono abbandonate sulla sua schiena e, congiungendole, le riporta tra di noi.

«Sei una fantastica ballerina rock», si complimenta con un sorriso un po' forzato, schiarendosi la voce. «Mi sono divertito, ma sono distrutto, vado a dormire. Tu resta pure a spassartela, tornerai in macchina con Anna e Filiberto. Abbiamo appurato che non sono dei delinquenti.»

Annuisco.

Non ho la forza di dire niente, perché per la prima volta in vita mia sono rimasta senza parole.

22. Leopoldo

Mi sveglio lentamente, un'avvolgente e rassicurante luce verde mi solletica gli occhi. Ho dormito meglio delle altre notti sul materassino che Olivia si è decisa a comprare e, poi, – sarà l'abitudine – ma ho scoperto che il suo costante russare, alla fin fine, mi concilia il sonno.

Schiudo appena gli occhi e la vedo accucciata vicino al suo giaciglio, piegata a rovistare in una bustina. Chissà che cosa sta combinando? Chiudo di nuovo gli occhi, fingendomi addormentato; per qualche oscura ragione, sentirla muoversi silenziosa mi trasmette una sensazione di pace.

Intravedo un'ombra sopra le mie palpebre, come se qualcosa si frapponesse fra me e la luce. Sento il respiro caldo di Olivia sul mio volto. Che cosa fa, mi sta… osservando mentre dormo? Strana è strana, è anche possibile.

Inspiro per un secondo il suo profumo – il suo vero profumo: non quell'intruglio di cui si cosparge quotidianamente – e l'odore, il calore della sua pelle, che a questa distanza percepisco, risultano curiosamente attraenti, desiderabili. Come la sua vicinanza la scorsa notte, quando ballava libera e felice e i suoi capelli si muovevano sinuosi sulla sua figura un po' sgraziata ma incredibilmente magnetica…

All'improvviso sento un pizzicore tremendo in mezzo agli occhi. «Cazzo!» mi trovo a sbraitare, saltando sul materassino.

Olli mi guarda con aria colpevole e una pinza in mano.

«Ma sei impazzita?» domando retoricamente – è sempre stata pazza. «L'altro ieri la ceretta, oggi le sopracciglia… Ti vuoi dare una regolata?»

«Scusami, scusami! È che proprio non ho resistito. Sai quanto saresti più carino con due sopracciglia separate?»

Mi proietto fuori dalla tenda prima di cedere all'impulso di legarle le mani per porre fine ai suoi gloriosi sogni di combattente dei peli e, ormai di pessimo umore, mi dirigo alla spiaggia, saltando la colazione.

Corro per un po', nuoto e poi armo il mio windsurf per uscire.

Non vedere Olli per qualche ora mi fa bene. Stamattina c'è un bel vento disteso, andare è una goduria. Dopo un'oretta torno a riva e faccio una pausa con Anna e Filiberto, per abbeverarmi e comprare un panino al chiringuito della spiaggia, quindi mi siedo per un attimo a terra vicino a loro. Olli prende il sole in una posa assurda, con gambe e braccia stese in lungo e in largo. Ogni quarto d'ora, la sveglia del suo cellulare suona per ricordarle di girarsi prona o supina, manco fosse un tacchino da cucinare al forno.

Si è portata miliardi di creme in quel dannato beauty-case, quindi spero che stia usando una protezione, perché il sole è a picco sulla spiaggia. Ma, dopo tutto, cavoli suoi, non è affar mio. Sono ancora arrabbiato con lei.

E poi, che diavolo! Mi ha costretto a venire qui perché potesse andarsene per locali, com'è che mi sta sempre alle costole?

Torno al windsurf e lei mi raggiunge poco dopo.

«Ciao, come va?» domanda con un'aria docile che mi preoccupa.

«Che c'è, che vuoi ora?»

«Mi insegni a usare il windsurf?»

La guardo scettico. «Non fa per te.»

«Ascolta, non me ne frega niente del windsurf, va bene? Ma stamattina ho riguardato i miei appunti per l'articolo e manca… l'adrenalina». Non mi sorprende: l'esperienza più eccitante che si concede è bere sempre il solito, stucchevolissimo cocktail. «Sono piatti, noiosi, roba già vista. Ho bisogno di uscire dalla mia comfort-zone per scrivere qualcosa di interessante.»

«Chiedi ai tuoi nuovi amici.»

«Ma li hai visti? Sono in pieno idillio d'amore, non posso stargli sempre tra i piedi!»

Peccato che non si faccia lo stesso scrupolo con me.

Mi guardo intorno, oggi pomeriggio il vento è *onshore* e costante, è un buon momento per insegnarle le basi del windsurf senza rischiare che la corrente me la trascini in Sardegna.

«Dobbiamo noleggiare una tavola e una vela apposite.»

«Non posso usare le tue?»

«La mia tavola è troppo leggera, dobbiamo prenderne una più grande per consentirti di stare in equilibrio, all'inizio.»

Lei annuisce e mi segue al centro, dove prendiamo una tavola e una vela adatte.

La riporto sulla spiaggia. «Ti interessa sapere come si arma?» domando, sentendo una vaga esaltazione all'idea di iniziare una neofita.

«No, a me interessa solo provare a stare sulla tavola.»

Figurarsi.

Il poco entusiasmo che avevo evapora all'istante, mentre preparo la tavola per la Principessa sul Pisello; poi tento una spiegazione. «Prima cosa: capire da dove viene il vento». Con il piede traccio sulla sabbia la direzione del Maestrale. «A seconda di come soffia il vento e di dove vuoi andare, devi regolare l'andatura.»

«Che cosa sarebbe l'andatura?»

«Ce ne sono quattro: bolina, traverso, lasco e poppa.»

«Prego?»

«Vai al traverso quando il vento soffia perpendicolare alla tavola, vai di bolina quando risali il vento.»

«E le lische e le poppe?»

Perché tutte a me? «Quelle te le spiego più avanti.»

«Va bene», annuisce, stranamente ricettiva.

«Seconda cosa: poggiare e orzare. Se poggi, porti la tavola in direzione opposta al vento; per poggiare devi spostare l'albero in avanti.»

«L'albero?» domanda basita, setacciando la spiaggia con lo sguardo.

«Si chiama "albero" il palo perpendicolare alla tavola. Non starai mica cercando una pianta sulla spiaggia, vero?»

«No, no», risponde, tirando fuori il petto, orgogliosa.

Questa lezione è già sufficientemente difficile senza che Olivia mi sbatta in faccia il seno. Cerco di recuperare la concentrazione. «"Orzare" vuol dire che risali il vento. Butti l'albero indietro; mi segui?»

«Ok.»

«Tutto chiaro?»

«Mah, non ne sono certa. Proviamo, lasciami salire.»

Trascino la tavola in acqua, entro fino alle ginocchia e invito Olli a fare altrettanto. «Ora, sali sulla tavola e tira su la vela con quella cima.»

Monta sulla tavola a quattro zampe. Poi, ci mette una vita ad alzarsi in piedi. «È difficilissimo», strilla, cadendo in acqua. «Non riesco, Leo, lasciamo stare.»

«Sei caduta una volta, succede a tutti. Avanti, rimettiti su quella tavola e alzati.»

«Guarda, con me i metodi forti non funzionano.»

«Fai come ti pare. Ma, giusto per tua informazione, non si lascia alla prima difficoltà. Se è così che hai intenzione di affrontare le prove, non venire più a farmi discorsetti sul lasciare la tua comfort-zone». Perché, poi, sono arrabbiato? Mah.

Olli mi lancia un'occhiataccia a metà fra "hai ragione" e l'incazzato. Non dice niente, sale nuovamente sulla tavola, poi lentamente si alza in piedi. Tiene le braccia larghe per mantenersi in equilibrio e si blocca come una statua di sale.

«Ok, adesso ti senti sufficientemente stabile. Prova a tirar su la vela.»

«Zitto», ordina autoritaria, senza muoversi di un millimetro.

Aspetto.

Aspetto.

Aspetto.

«Ok, ora come la sollevo, la vela?» chiede, tenendo anche gli occhi immobili, come se temesse che, solo a spostare lo sguardo, perderebbe l'equilibrio.

«Ti abbassi e tiri la cima. La vela si svuoterà e, a quel punto, potrai prendere il boma con due mani.»

«Mi prendi in giro? Che cosa cavolo è il boma, adesso?»

Sbuffo. «Il manubrio. È il manubrio.»

«Ti sembra il momento di insegnarmi parole nuove? Chiamalo "manubrio", per la miseria!»

Si abbassa sulle ginocchia con una lentezza esasperante.

«Mi sbilancerò.»

«Non ti sbilancerai.»

«Vedrai. Te lo dico, se cado ancora, torno a prendere il sole sulla spiaggia.»

«Piantala di lagnarti e tira su questa cazzo di vela, Olivia.»

«E tu piantala di urlarmi addosso», grida di rimando.

E poi, succede. Si abbassa e alza la vela.

Casca altre otto volte in acqua, ma alla fine ce la fa e partiamo.

***

Uscire in windsurf con Olli è stato inaspettatamente divertente e piacevolmente inaspettato.

Stranamente, più ce l'ho intorno e più mi sento a disagio. Nel bene e nel male, nel corso degli anni passati sono riuscito a tenerla a distanza, ma durante questa vacanza sta diventando un'impresa piuttosto ardua. Mi sta costantemente intorno, fa cose buffe, mi spazientisce, sì, ma poi ha quegli occhioni in grado di indurre un uomo alla pazzia… Dovrei cercare di ripristinare la fredda tolleranza che ha sempre caratterizzato il nostro rapporto, ma è abbastanza difficile quando il suo viso è la prima cosa che vedo al mattino, quando la sua voce riempie ogni istante delle mie giornate – a dispetto della mia volontà – e quando mi si spalma addosso con questo stupidissimo pretesto delle foto per l'articolo.

Insomma, gli avvenimenti stanno precipitando e non so come riprendere le redini della situazione.

Anna e Filiberto si sono concessi una cena in *tête-a-tête* e Olivia si è detta troppo stanca per uscire. Abbiamo preso dei panini e li abbiamo consumati in silenzio davanti al fuoco. Cioè, io sono stato in silenzio, lei non ha smesso un secondo di blaterare. Si dice entusiasta della nuova esperienza con il windsurf, afferma di voler fare un'altra uscita e mi ringrazia tanto da risultare stucchevole.

«Olli, ti prego, basta. Sono stato felice di insegnarti ad andare in windsurf, è una delle mie passioni più grandi. E ti porto volentieri a fare un'altra uscita domani, se non cambi idea.»

«Sei davvero un buon amico e una bravissima persona.»

Riesco solo a emettere un grugnito di risposta.

Sorride con sguardo divertito. «Sei un amico così bravo che potrei avere una piccola sorpresa per te.»

Una sorpresa? Questa insinuazione suona come una minaccia e mi mette subito agitazione. Nessuno mi fa sorprese, di alcun tipo – nemmeno se si tratta di regali. Le trovo una perdita di tempo, non sono mai riuscite e, alla fine, sia chi le fa sia chi le riceve resta deluso.

Olli si alza e prende qualcosa da una delle sue valige. Poi torna pimpante e mi porge una scatola.

«Saltinmente», dico con tono monocorde, riconoscendo il gioco da tavolo.

«Ieri sono andata a fare shopping con Filiberto, siamo finiti in un negozio di giochi e non ho resistito, essendo a conoscenza del tuo feticcio! Mi ricordo che, quando venivi da noi, ti portavi sempre dietro Risiko per giocarci con Vitto.»

Sì, appunto. Giocare a Risiko è una dei miei passatempi preferiti, ma questo non mi fa un amante di tutti i giochi da tavolo, tantomeno di Saltinmente! «Grazie», mormoro, però, stranamente imbarazzato e vergognosamente contento. È stato un pensiero carino. Credo.

«Vuoi giocare?»

«Ma è in francese.»

«Io non conosco la lingua, ma tu sì. Puoi spiegarmi che cosa dicono le schede e in qualche modo faremo!»

«Non dobbiamo, davvero…»

«Su, come se non ti conoscessi! Lo so: dietro questa facciata da avventuriero che non si rade da cinque giorni c'è un bel nerdone! Sono certa che dopo una partita ti sarà passato tutto il rancore che provi nei miei confronti.»

Mi trovo a constatare che mi è già passato – anzi, forse non sono mai stato davvero arrabbiato con Olivia.

Inizio a spiegarle le regole del gioco: «In ogni scheda c'è una lista di categorie: città, nomi, fiori, e così via. Estraiamo una lettera e abbiamo un minuto di tempo per compilare la scheda con parole con quell'iniziale. Per esempio, se selezioniamo "S" – città "Salerno", nome "Silvia".»

«Tutto chiaro», annuisce, passandomi un pezzo di carta e una penna per scrivere.

Dopo averle sommariamente tradotto le categorie della prima scheda, iniziamo.

Olli tira il dado multi-faccia con tutte le lettere dell'alfabeto. Esce la "P".

Punto la clessidra e iniziamo a scrivere.

«Ok, inizia tu», intima, una volta scaduto il tempo.

«"Film": *Presunto innocente.*»

«*PS I love you.*»

«È un film?»

«Certo, con Gerard Butler e Hilary Swank!»

«Mai sentiti.»

«Hilary Swank? Quella di *Million Dollar Baby*?»

«Ah, ok, ora ci siamo. Bene, un punto a testa. Categoria successiva: "Cose che si trovano nel mare". Pesci.»

«Perle.»

Ovviamente.

«"Cose per la prima colazione": pane.»

«Paté.»

«Non vale; il paté non si mangia a colazione.»

«Certo che sì!»

«Vorrei proprio sapere chi mangia paté a colazione.»

«Io, per esempio… e un sacco di miei amici.»

Sì, i suoi numerosi amici; si è visto quanti ne ha. Non ho le forze di avventurarmi ulteriormente in questa discussione, quindi le abbono la risposta.

«"Cose che puzzano": piedi.»

«Persone», risponde serafica.

Vorrei chiederle con chi esce di solito; o, in alternativa, una definizione di "puzza". Ma, come dicevo, mi mancano le energie.

«"Passatempo": parapendio.»

«Peeling.»

La guardo, aggrottando la fronte.

«Hai in mente, no? Il trattamento esfoliante per eliminare le cellule epiteliali morte.»

«Lo consideri un passatempo?» domando, senza volere, in realtà, conoscere la risposta.

«Chiaramente.»

Andiamo avanti, va'. «"Cose che fanno paura": pitoni.»

«Peli.»

«Sì, l'ho notato. "Cose che si mettono in valigia": *pile*», dico puntando a quello che indossa lei, che è mio.

«Pantoprazolo.»

«Se è una parola inventata, non vale.»

«Come fai a non sapere che cos'è il Pantoprazolo? Nella tua famiglia sono tutti medici! È un gastroprotettore!»

Sorvoliamo. «Ultima categoria: "Personaggi famosi": Padre Pio.»

«Paris Hilton.»

Trattengo una risata, ma Olli mal interpreta la mia espressione facciale.

«Oddio, non ci posso credere! Ho vinto!» strilla, alzandosi da terra a saltellare. «Sai che è il primo gioco che vinco in vita mia? Tutti a dirmi: "Sfortunata in gioco, fortunata in amore" – certo, come no! Finalmente, ho successo in almeno una delle due cose!»

Non ho il cuore di dirle che non ha vinto; che, se anche le avessi abbonato tutte le risposte assolutamente discutibili e avessimo pareggiato, avrei comunque vinto io perché "Padre Pio" ha due "P" per iniziali e, quindi, vale due punti. Mi sembrerebbe di dire a un bambino che Babbo Natale non esiste. E non sono affatto pronto a farlo.

Terminata la sua danza primitiva, Olli si siede nuovamente accanto al fuoco. Fissa il vuoto e per un breve, magico momento sta zitta. «Anna e Filiberto partono domani», mi informa, poi.

«Lo so», affermo, rimettendo a posto le schede del gioco.

«Vanno all'Argentario, i genitori di Fili hanno un villone lì. Ho visto le foto, sembra stupendo.»

«Bene.»

«Mi hanno chiesto di andare con loro». Credo che mi stia guardando, ma non ho voglia di affrontare i suoi occhi, ora.

Mi alzo a riempire le ciotole d'acqua di Schumi e Holly Golightly.

«Tu vuoi che vada?»

Che domande! Ovviamente voglio che vada.

Se devo essere completamente onesto con me stesso, vorrei che se ne andasse ora più di quanto non l'abbia desiderato in principio. E, se devo continuare a essere sincero, mi toccherebbe ammettere che le ragioni del mio desiderio sono, adesso, molto diverse.

23.   Olivia

Non ho pensato nemmeno per un secondo di lasciare Leopoldo.

E, no, le bizzarre sensazioni che ho provato durante la festa in spiaggia non c'entrano assolutamente nulla. Non potrebbe mai interessarmi uno come Leo, ma proprio mai! Mai e poi mai! Sono semplicemente rimasta stupita ad averlo così fisicamente vicino per la prima volta dopo anni di conoscenza: ecco spiegato il mistero.

Le ragioni che mi hanno spinta a proseguire l'avventura con lui hanno diversa natura. Innanzitutto, non avrei potuto spacciare Filiberto per Mr Freedom: ha le mani troppo ossute e i capelli sale e pepe.

In secondo luogo, grazie a Leopoldo sto sperimentando nuove situazioni. Non mi piacciono tutte, ma mi rendono fiera di me stessa, di averci provato. Mi scoccia ammetterlo, però temo che sia esattamente il comportamento di Leo a tirare fuori questa parte di me: lui non mi fa da balia, non mi tratta come una bambina incapace, ma c'è – lo so, lo sento. È sempre accanto a me, anche se a distanza, in silenzio, quasi desideroso di non farsi notare, comunque pronto a sostenermi se sto per cadere.

Tra l'altro, sono sinceramente convinta che Leopoldo si sarebbe sentito molto solo, se lo avessi lasciato ora. In fondo, la mia compagnia lo diverte, nonostante gli piaccia fare la parte del burbero. Ieri sera, quando gli ho chiesto che cosa voleva che facessi, si è limitato a mugugnare: "Fa' quello che vuoi, non mi importa"; detto da lui, è equivalso a un chiaro invito a restare.

Stamattina abbiamo fatto ben due uscite in windsurf prima di salutare Anna e Filiberto. Poi, Leopoldo ha deciso di fare i bagagli e rimettersi in viaggio: vuole andare in montagna.

L'idea non mi fa impazzire, ma chissà! Ormai sono entrata nell'ottica di provare nuove esperienze.

In macchina, ho scritto un messaggio a Mattia, il bonazzo dell'altra sera, per informarlo che non sarei più stata a Bonifacio, ma che mi avrebbe fatto piacere rivederlo a Milano. Non si è più fatto sentire dopo aver chiesto il mio numero, così ho preso l'iniziativa.

«Sei stanco?» domando a Leo che, al volante, si strofina rapidamente gli occhi.

«Non ti preoccupare, sto bene, però se vuoi darmi il cambio…»

«No, oh no!»

Lui pare stranito. «A Milano guidi quotidianamente.»

«Certo, con la mia MINI Cooper di cui conosco a menadito le dimensioni, su strade asfaltate in pianura.»

Va bene fare nuove esperienze, ma che siano graduali!

«Se sei stanco ci fermiamo», suggerisco.

«Siamo quasi arrivati.»

È bello questo lato di Leopoldo – sembra avere sempre tutto sotto controllo; è calmo e solido.

«Mi sono divertita negli ultimi giorni», ammetto.

«Lo so.»

«Come fai a saperlo?»

«Altrimenti non saresti venuta con me in montagna.»

«Di' la verità, sei contento che abbia scelto di continuare la vacanza con te», lo stuzzico.

«Sarei più contento se mi facessi godere la musica, anziché continuare a parlare», borbotta, senza confermare né smentire. Ve lo dicevo, gli metto allegria!

«Se si trattasse di roba orecchiabile, te la farei sentire in pace. Ma, se il tuo sottofondo musicale dei sogni è *Hanno ucciso l'uomo ragno*, direi che, coprendolo con le mie chiacchiere, ti sto rendendo un servigio.»

«I brani degli 883 hanno un loro pregio.»

«Ti ricordano la tua infanzia scout?»

«Sì.»

«Sei adorabile», gli concedo con una pacchetta sulla spalla.

«Ad ogni modo, sto cercando di ascoltare Ligabue, non gli 883.»

Roteo gli occhi.

«Questa non è una reazione da Olli, ma da Figlia-di-Frank-Romano», constata.

Ha ragione: per mio padre, bassista metal, l'idea che io o Vittorio possiamo apprezzare pezzi pop equivale ad aver fallito come genitore. Purtroppo, dobbiamo tenere i nostri veri gusti musicali nascosti, quasi si trattasse di azioni illegali o moralmente discutibili.

Sospiro, mentre Leopoldo approfitta del mio breve silenzio per alzare il volume. Le note di *L'odore del sesso* si diffondono nell'abitacolo, e, anche volendolo, non riesco a fermare il piede destro che inizia a battere il tempo.

«… *Io non so se è proprio amore*

Faccio ancora confusione…» canticchia l'orco al volante. Si volta a squadrarmi per un istante, prima di tornare con lo sguardo alla strada. «Avanti, sento che stai tenendo il tempo e so che la sai a memoria, cantala. Non lo dirò a nessuno della tua famiglia.»

«*Forse ti ricordi, ero roba tuaaa*», inizio a cantare, libera.

Al diavolo! Adoro Ligabue, ha una voce che mi fa ribollire! Per non parlare dei suoi testi, visceralmente passionali e coinvolgenti!

«Questo è una dei brani più sexy mai scritti! Voglio dire, quale uomo ti dice: "Sono roba tua"?» rifletto, continuando a trovarla una delle dichiarazioni più romantiche.

«Uno senza dignità.»

«Hai insistito per ascoltare la canzone e nemmeno ti piace?»

«La canzone è bellissima, commentavo la frase che ti smuove tanto.»

«Si vede che non sei mai stato innamorato», affermo, guardandomi allo specchietto interno. I miei capelli sono un vero disastro e la mia pelle ha davvero risentito dei trattamenti frettolosi e malfatti degli ultimi giorni.

«Perché, tu sì?»

«Certo!» esclamo, richiudendo lo sportello.

«Di chi?»

Lo guardo cercando di capire se si stia prendendo gioco di me, ma è serio e concentrato sulla strada.

«Ma come "di chi"? Di tutti i miei fidanzati!»

Leo fa una smorfia. «Cioè, ti sei innamorata tipo 23 volte in 29 anni?»

«Lascia perdere, affrontare questo argomento con te è assolutamente inutile.»

«Perché?»

«Perché sei anaffettivo.»

«Io non sono anaffettivo.»

«Se non lo sei, hai dei grossi problemi a esprimere i tuoi sentimenti.»

«È una caratteristica tipica degli uomini.»

«Non direi! Vitto e Greg sono uomini, ma riescono a esternare le loro emozioni. Più o meno.»

Leopoldo non commenta, continua a guardare davanti a sé.

«Ci conosciamo da quindici anni e non ti ho mai visto innamorato, affettuoso, preoccupato, triste per qualcuno. Sembra che non ti interessino affatto le relazioni con gli altri esseri umani.»

«Voglio molto bene ai miei amici e alla mia famiglia e ci sono sempre per chiunque avesse necessità.»

«Non ho mai pensato né detto il contrario. Però non mi è mai sembrato avessi bisogno di noi, dai l'impressione di bastare a te stesso.»

«È una cosa brutta?»

Mi stringo nelle spalle. «Non lo so. So solo che è strana, non ho mai conosciuto nessuno come te.»

Lo dico ad alta voce, anche se è la prima volta che mi capita di pensarlo. Potrà apparire scorbutico e scontroso, in superficie, ma è di una bontà limpida, genuina. E non agisce per compiacere gli altri, non è vanitoso, non è egoista. È così, lui. È felice per conto suo e, allo stesso tempo, è la persona più capace di far stare bene quelli che lo circondano.

«Non so come fai», dico, seguendo il nuovo corso che hanno preso i miei pensieri. «Un giorno ti studierò e userò la mia ricerca per un articolo.»

Leo sorride. «Quando vuoi.»

***

Siamo arrivati a Corte alle 19 passate. Ci siamo precipitati in un campeggio, ma non c'era più posto e così Leo ha proposto di dormire sul cucuzzolo di una montagna. Per un istante ho creduto si fosse bevuto il cervello, poi mi sono fatta contagiare dal suo entusiasmo; sono in ottica di provare nuove esperienze, quindi… Perché no?

Una volta individuato lo spiazzo in cui accamparsi, Leopoldo ha manifestato l'intenzione di andare a carcare un po' di legna per scaldarci. Ho deciso di seguirlo, perché, se fossi rimasta alla base, avrei dovuto quanto meno rendermi utile e montare la tenda – cosa che, anche volendo (ma non voglio), non saprei fare.

Così mi sono lasciata trascinare in mezzo ai boschi per raccattare dei legnetti.

Fa freddo e le mie Superga bianche non sono adatte alle passeggiate per i sentieri montani. Mi sono già pentita di aver accondisceso alle trovate primordiali di Tarzan. Tra l'altro, sta anche venendo buio…

Addio! Il giorno si fa vieppiù scuro:
mai ho visto un cielo così nero.
Avrai un'assai dura ninna-nanna...

Strano; dov'è che ho sentito queste parole?

La profezia di Ada! Quella secondo cui sarei stata sbranata da un orso come Antigono. Scaccio subito lo stupido pensiero, che però ha già innescato un inarrestabile processo di nervosismo.

«Leo, ora che ci penso… Forse è meglio andare in un hotel. Non avremo nemmeno un bagno per la notte, se ci accampiamo all'aperto.»

«Tranquilla, domani cercheremo un campeggio attrezzato.»

«Fa freddo, adesso, ed è buio.»

«Siamo quasi arrivati, prendi il mio *pile*, intanto», dice, porgendomi il suo maglione e sorpassandomi per raccogliere un ciocco davanti a noi.

«Mi fanno male le scarpe, non riesco a camminare.»
Non risponde.

«Avrò i piedi pieni di vesciche, rovinati per sempre a causa tua…»

«Mi hai veramente stufato», commenta a denti stretti, tornando indietro di qualche passo.

Mi si pianta davanti con aria minacciosa e, prima che io abbia la possibilità di dire nulla, mi solleva e mi butta sulla spalla, piegata a metà come se fossi un tappeto persiano arrotolato. Quindi, prosegue lungo il sentiero, in vero stile Neanderthal.

«Fammi scendere!» ingiungo, con la testa che ciondola più o meno all'altezza delle sue natiche.

«Vuoi stare zitta? È la terza volta in sei giorni che scegli di viaggiare con me e passi il tempo a rompermi le scatole. Non ne posso più!»

Sbuffo: ha ragione, quanto odio che abbia ragione.

Faccio sempre tutto da sola.

24.   Leopoldo

Ci siamo accampati alla bell'e meglio, ho fatto qualcosa da mangiare per Olivia e le ho preparato un Mint Julep o come si chiama quella cavolata di *drink*. Sotto l'effetto di un'ispirazione salvifica, ho comprato gli ingredienti necessari all'ultima puntata al supermercato; almeno ho un'arma contro i suoi attacchi di logorrea lamentosa.

Ora è accucciata davanti al fuoco, stretta sotto strati di maglioni di mia proprietà, che sorseggia piano la sua bibita e scruta il vuoto.

Tolta la petulanza di Olivia, qui è tutto grandioso. Siamo gli unici esseri umani ed è così buio e silenzioso che mi verrebbe voglia di trasferirmi qui per sempre.

«Sono una rompiscatole. Lo so e mi dispiace», dichiara Olli, rompendo il silenzio.

«Ti conosco abbastanza a lungo da saperlo; ne ero conscio anche quando ho accettato di portarti in viaggio con me», ammetto, sedendomi al lato opposto del fuoco.

Lei mi guarda con un'espressione improvvisamente dolce e malinconica.

«Che c'è?» chiedo, pentendomi subito di averlo fatto.

«Posso farti una domanda a cui dovresti rispondere molto sinceramente?»

«Mai mentito in vita mia.»

«Secondo te, cos'ho che non va?»

Mh, quesito interessante. Olli è disfunzionale in più di un senso, dovrei capire innanzitutto di che cosa si vuole lagnare, ora.

«Hai in mente Mattia, il tipo della festa in spiaggia?»

Ce l'ho in mente, eccome se ce l'ho in mente.

«Beh, dopo avermi chiesto il numero, è sparito. Gli ho scritto per informarlo che non sarei più stata a Bonifacio; ha visualizzato subito il messaggio, ma non ha risposto.»

«Perché ti importa capire la ragione per cui non ha risposto? Se ti risponde bene, se no vuol dire che non gli interessi.»

Mi fissa tipo Bambi davanti al cacciatore.

«Che c'è? Cosa ho detto di male?»

«È... brutale.»

«È la verità. Mi hai chiesto un'opinione sincera e io te la sto dando.»

Annuisce, guarda il buio che ci avvolge e, sorprendentemente, non apre bocca.

«Olli», la richiamo, sentendomi un po' in colpa per essere stato brusco. «Perché ti interessa questo tizio? Ci hai parlato un minuto e mezzo, non può realmente abbatterti l'idea che non sia interessato a te.»

«È un'altra occasione sprecata.»

«Per fare cosa?»

«Per trovare l'amore. Per essere felice.»

«Ma chi ti dice che devi trovare l'amore per essere felice?»

«I tuoi hanno sempre vissuto in luoghi separati e forse, per te, le relazioni sentimentali non sono automaticamente sinonimo di felicità; però, ti assicuro, crescere con la coppia più appiccicosa e innamorata del secolo ti fa venire voglia di avere quello che hanno loro, un giorno.»

Sì, i Signori Romano sono una coppia tanto assurda quanto affiatata.

«Prendi Vittorio», continua. «Sei cresciuto insieme a lui, lo sai, era tormentato, ingestibile, sempre alla ricerca di qualcosa… finché ha trovato Adelaide.»

«Sì, però c'è anche Greg: ha puntato tutto sul matrimonio e sai com'è andata.»

«Lo so. Va male, a volte, ma resto dell'idea che valga comunque la pena tentare.»

Aspetto qualche secondo prima di risponderle. «Senti, non sono un esperto in materia e – lo so – non è il parere che cercavi, ma dubito troverai la felicità, se continui a sforzarti di non essere te stessa.»

Olli mi osserva in silenzio, invitandomi a proseguire.

«Perché fai così? Perché ogni volta che conosci uno ti lanci come un ariete e ti fai andare bene qualsiasi cosa, fino a dimenticarti chi sei?»

«Lo faresti anche tu, se niente ti fosse mai venuto facile.»

Di che sta parlando, ora?

Inizia a elencare: «A scuola, io studiavo tantissimo e prendevo gli stessi voti di Vitto, che non ha mai aperto un libro. Mia madre ha cercato di insegnarmi la sua lingua, lo dzongkha, mi ha iscritto a corsi di inglese, mi ha spedito in Francia tutte le estati… e riesco a stento a parlare l'italiano. Sport: lasciamo perdere – li ho provati tutti, non sono mai riuscita a farne nessuno…»

«Oggi sei andata in windsurf.»

Ignora il mio commento: «Mio padre fa il musicista e io so suonare solo il citofono! Sai che io e Vitto avevamo iniziato a studiare violino? Vitto era portato e gli piaceva! Io lo odiavo e non lo capivo, piangevo prima, durante e dopo ogni lezione. Per alleviare la mia frustrazione, mia madre ha ritirato mio fratello dal corso e ha continuato a farci andare me. Ti rendi conto di quanto sono imbranata?»

«Hai mai provato a parlarne con tua madre?»

«No! Ma non è questo il punto… A me le cose non vengono con facilità. Non sono mai stata brillante, agile o portata per qualche attività. Mi devo sforzare per fare qualsiasi cosa e questo vale anche per la vita sentimentale. Nessuno si è mai innamorato di me. Magari mi notano perché sono appariscente, ma dopo un minuto di conversazione l'interesse del ragazzo di turno si sgonfia. Per convincere i miei ex a darmi una chance, ho sempre dovuto fingere fascinazione per *hobby* di cui non mi importa nulla, camuffare lati del mio carattere, adattarmi, accontentarmi. E, comunque, non è mai bastato; che sia una settimana o qualche mese, alla fine resto sola.»

«Stai dicendo un mucchio di stronzate. Come… come cavolo è possibile che *tu* abbia queste insicurezze?»

«Te l'ho appena spiegato.»

«Hai un carico importantissimo di difetti e di manie che annienterebbero un santo, ma hai anche un sacco di lati positivi.»

«Detto da te, poi, è molto credibile», ironizza.

«Sai che non sono di manica larga; lo penso davvero.»

«Allora dimmene uno», mi sfida. «Dimmi un pensiero positivo su di me.»

Sei la donna più bella che abbia mai visto.

No, non lo dico ad alta voce. Non perché non sia vero – è il primo pensiero che mi colpisce ogni volta che la vedo – ma perché ho il brutto vizio di riflettere prima di parlare e non credo sia questo il genere di riconoscimento che sta cercando.

«Tu…»

Apre gli occhi, in attesa. «Wow, non te ne viene in mente nessuno! Sono proprio messa male, eh!» afferma, sorridendo e massaggiandosi il lobo.

«Intanto, canti divinamente, anche se temi di farlo sapere in giro per via del tuo repertorio pop», affermo, ridendo, per alleggerire il tono della conversazione.

Lei sorride. Bene.

«Poi, la tua scrittura è unica.»

Inarca le sopracciglia, chiaramente sorpresa dalla mia affermazione. «Leggi i miei articoli?»

«Ho letto molti dei tuoi lavori: i racconti che scrivevi quando eravamo al liceo, il tuo blog, i tuoi servizi…»

«Cioè, intendi dire gli articoli di *Ma chérie*?» domanda, sempre più sconcertata.

Annuisco. «Capisci quanto sei brava? Riesci a interessare persino me con il nuovo rossetto che non sbava e le vacanze di Patrick Dempsey...»

Mi squadra per un attimo.

«Certo, potresti dedicare un po' di spazio a tematiche più socialmente rilevanti – sai che ci sono un sacco di aziende di moda che hanno una filiera totalmente etica? – ma sei una giornalista cui piace scrivere di vestiti e pettegolezzi e lo fai da dio.»

Lei mi guarda a lungo, senza dire niente, e io sostengo il suo sguardo.

«E, secondo me, dovresti provare a spiegare a tua madre quello che pensi, come il suo modo di fare ti fa sentire.»

«Sto per fare una cosa che forse ti metterà a disagio», annuncia, infine.

Oh.

Gattona intorno al focolare fino a raggiungermi e mi abbraccia.

Resto spiazzato per un secondo, senza sapere come reagire, ma poi la circondo a mia volta e la stringo forte a me.

È... è l'esperienza più bella che abbia fatto negli ultimi tempi. È giusto, è naturale, è riposante.

Olli strofina appena la guancia sul mio petto, poi sussurra: «Leo... grazie.»

«Ehi, non mi devi ringraziare.»

«Sei un vero amico!» aggiunge, stringendomi un po' di più.

Esatto, sono un suo amico.
Spero di riuscire a ricordarlo più spesso.

25. Olivia

Il mio risveglio è dolce; poggio contro qualcosa di caldo e solido e mi sento protetta e accolta come mai mi era successo prima d'ora.

Apro gli occhi e – ups! – mi accorgo di essere accoccolata a Leopoldo. All'improvviso, ricordo tutto della scorsa notte: avevo freddo, fuori c'erano i lupi – o almeno, così mi sembrava – e, beh, ho avuto paura. Ho insistito per dormire accanto a lui, che mal volentieri ha acconsentito.

«Buongiorno», lo sento dire con la voce impastata dal sonno, mentre percepisco i suoi polpastrelli strofinarmi la testa, come si fa per mostrare affetto a un cagnolino.

Balzo a quattro zampe e, pronunciando un rapido: «Buongiorno», con la mano davanti alla bocca, mi proietto fuori dalla tenda alla velocità di un razzo, per andare in bagno e dedicarmi al mio rito di igiene e bellezza mattutino. Nessun uomo mi ha mai visto nella fase precedente al rituale, a parte forse mio fratello quando avevo otto anni, e ho intenzione di mantenere la tradizione inalterata.

Certo, sarebbe bello se ci fosse una toilette, qui; solo ora mi ricordo che abbiamo dormito in mezzo al nulla.

Io lo odio, il campeggio!

«Olli, tutto ok?» domanda Leo, seguendomi fuori dalla tenda, con il suo sorriso smagliante e l'aria riposata di una rosa selvatica.

Non che io abbia dormito male, anzi… Però il risveglio è stato anche un po' traumatico.

«Sì, sì, bene…» rispondo, sollevando istintivamente il collo del *pile* fin sotto il naso.

Però, un attimo. No, non va bene! Io e Leopoldo abbiamo trascorso la notte accucciolati e siamo sul cucuzzolo di una montagna, senza nemmeno un lavandino…

Per lui non sembra costituire un problema: fa qualche passo in direzione di un piccolo corso d'acqua e si sciacqua la faccia.

«C'è un centro abitato da queste parti? Io ho bisogno di un caffè e di un bagno.»

«Sì, ti porto giù al villaggio», mormora, guardandomi confuso, come se non capisse la ragione del mio malumore. «Perché tieni il maglione sopra la faccia? Hai così freddo?» domanda, ingenuo.

Non mi do pena di rispondergli e mi infilo gli occhiali da sole più grossi tra quelli che ho portato. Lui smonta rapidamente la tenda, carica tutti i nostri averi e le bestie sul pick-up e guida fino a un rifugio a pochi metri da noi. Prelevo il beauty-case e, abbracciata la mia scialuppa di salvataggio, entro subito nella toilette della baita.

Mi guardo allo specchio e mi spavento dell'immagine riflessa: ho tre strati di maglioni della taglia di Leopoldo, gli occhi ancora incrostati dal sonno, i capelli mosci.

Inizio a lavarmi come posso nel lavello e cerco di dare un senso agli ultimi avvenimenti fantascientifici: io e Leo saremo pur cresciuti insieme, ma non abbiamo mai diviso il letto. Per non parlare della posizione da gatta in calore nella quale mi sono risvegliata stamattina. Non è strano?

Lui, d'altronde, sembra perfettamente normale; forse non è poi così assurdo.

Infatti, ci sono "amici" che si concedono ben oltre. E non c'è niente di male, in fondo. Siamo adulti. Coscienti. Consenzienti.

Per fortuna, comunque, noi non siamo in quel genere di situazione ambigua. E mai lo saremo.

Torno nel salone finalmente in sesto. Leopoldo è già circondato da cose che solo lui ha il fegato di ingerire a 20 minuti dal risveglio, tipo patate, uova e formaggi.

«Dici che me lo fanno un cappuccino?» domando, guardando la sua colazione con disgusto.

Lui sorride.

Com'è che sorride tanto spesso ultimamente? Ha passato 29 anni con la faccia da incazzoso, deve iniziare a emanare luce proprio quando è l'unico uomo nei paraggi?

«Allora, che cosa vuoi fare oggi? Io pensavo di arrampicare, se vuoi venire con me.»

«No, grazie.»

Mi irrita. Lui, che mi ha trascinato qui. Lui, che da una settimana mi costringe a dormire in una tenda. Lui, che si alza di buon umore come se fosse tutto normale… grrr!

«E… cosa farai?»

«Mi dedicherò a un nuovo esperimento», rivelo, volutamente misteriosa.

È la verità: ho deciso di passeggiare un po' da sola e di trovare un posto all'aperto per buttare giù qualche idea, senza portarmi dietro il cellulare e scrivendo su un quaderno di carta. Voglio proprio vedere come va.

«Va bene», si accontenta lui, senza domandare altro. «Qui i telefoni prendono male; dovremmo metterci d'accordo su dove incontrarci una volta che avrai finito con il tuo "esperimento". Facciamo qui, alle 17?»

Tutto così, lui. 100% efficienza, zero curiosità.

Perché mi dà fastidio?

Non ha importanza, ci penserò poi.

Leopoldo se ne va e io chiedo al simpatico oste, che capisce e parlucchia l'italiano, di suggerirmi una piacevole passeggiata. Mi indica un lago a un'ora e mezzo di strada. Gli chiedo se la passeggiata sia difficile e l'uomo mi assicura che è alla portata di un bambino.

Mi metto in moto. Il cammino è lungo, ma muovermi mi fa bene; mi consente di rilasciare tutta la tensione che avverto addosso. C'è un pezzo piuttosto ripido che richiede alcune falcate da scalatrice, però è breve e me la cavo in fretta. Riprendo il sentiero sempre più adrenalinica.

Finalmente, raggiungo la meta: è un posto suggestivo, una pietra blu incastonata tra le montagne. Respiro a fondo la bellezza unica di questo momento e mi sento improvvisamente ispirata. Siedo su una roccia, estraggo dallo zainetto prestatomi da Leo il mio quadernino e inizio a scrivere.

Alzo appena lo sguardo dal taccuino e, poco distante da me, vedo un ragazzo coi capelli lunghi che somiglia a mio padre da giovane; osserva dei fiori con una bambina. Il quadretto mi riporta alla mente il giorno in cui papà mi insegnò ad andare sulla bici senza rotelle. Aveva portato solo me – Vittorio sapeva già usarla, aveva capito intuitivamente che cosa fare. Io ero terrorizzata, non volevo partire, ma papà mi incitò a provare: riuscii a pedalare per un breve tratto, al termine del quale era lì, pronto a prendermi. «Brava! Hai visto?! Sei andata tutta storta, ma almeno l'hai fatto da sola!»

Le sue parole risuonano nella mia mente, ora. Anche se ho fatto delle curve un po' maldestre, sono qui, oggi, e ci sono arrivata con le mie forze. Mi concedo un attimo per pensarci e tirarmi una pacca di apprezzamento sulla spalla. Ho passato la vita ad analizzare gli errori, gli sbagli, le scelte avventate, ma non mi sono mai presa un minuto per dirmi: "Brava, Olli", quando me lo meritavo. È arrivato il momento di cambiare questa brutta abitudine.

***

Sono stata così ispirata da non accorgermi del tempo che passava. Inizio ad avere freddo, e, a giudicare dal mutato colore del cielo, immagino di aver trascorso diverse ore qui a scrivere.

Riprendo il cammino del ritorno, contenta e piena di energie. Tutto va bene, fino a quando non mi trovo nuovamente davanti al punto in cui il sentiero si interrompe brevemente per far posto a una ripida parete rocciosa. All'andata sono riuscita ad arrampicarmi con facilità; ora, però, come faccio a scendere?

Mi avventuro mettendo il piede nella prima rientranza che noto, ma, se cerco di scalare giù in questa posizione, rischio di cadere. Mi volto con la pancia verso la roccia e mi aggrappo con le mani al lembo di sentiero ancora visibile, mentre provo a capire che cosa fare con l'altra gamba; dove lo metto, il piede? Lo muovo a caso, sondando la parete alla ricerca di un punto d'appoggio. Ma, quando credo di averlo trovato e tento di posarci il piede, la suola della mia Superga scivola sulla pietra liscia, facendomi perdere l'equilibrio.

Urlo, un po' per reazione, un po' nella speranza di attirare soccorsi.

Presto, alcuni turisti, che stanno a loro volta cercando di salire o di scendere, si accalcano in cima e in fondo alla parete rocciosa: ho letteralmente creato un ingorgo.

«*Put your foot there, dear*[14].»

«*Ne s'inqiète pas, Madam*[15].»

---

[14] "Metta il piede lì, cara", ingl.
[15] "Non si allarmi, signora", franc.

«*Señora, no se preocupe que todo va a estar bien*[16].»

Ma che cosa vogliono da me? Perché non mi tirano giù, piuttosto?

Sono rimasta congelata nella stessa posa, concentrando tutta la forza sulle mani e sul piede appoggiato. Non ho intenzione di muovermi: sento che alla prima mossa precipiterò e mi schianterò al suolo. E io non voglio morire giovane!

Non so quanto tempo passa, ma i polpastrelli iniziano a farmi male.

«Olli», sento una voce maschile, un po' cavernosa, un po' ruvida… la voce di Leo.

«Grazie al cielo sei qui! Come hai fatto a trovarmi?»

«Ha importanza ora? Vieni giù.»

«Ma come faccio? È *pericolosissimo*!»

«Ascoltami: stendi la gamba sinistra un po' di più, lì c'è una sporgenza cui ti puoi appoggiare.»

Seguo le sue istruzioni; solo Dio sa perché ho deciso di muovermi, ma qualcosa nel fatto di avere Leopoldo qui mi tranquillizza.

«Brava, così», mi incoraggia. «Ora, sposta il piede destro in quella rientranza.»

«Quale rientranza?» domando speranzosa, pronta a seguire ogni sua indicazione.

«"Quella a forma di vertebra di moffetta".»

Mi volto a incenerirlo con lo sguardo. «Ti sembra il momento di citare Aldo Giovanni e Giacomo?»

---

[16] "Non si preoccupi, andrà tutto bene", spagn.

Lui è lì, in mezzo alla folla di turisti, che se la ride. «Dai, su; scendi», dice con un tono di voce calmo, caldo, «io sono qui.»

Riesco ad abbassarmi ancora di qualche centimetro, ma, presto, mi blocco di nuovo. Poi, sento una mano sfiorarmi la vita. «Vieni, scendiamo insieme». Leopoldo si è arrampicato fino a raggiungermi, e saperlo così vicino mi aiuta a calarmi giù rapidamente.

Una volta a terra, mi strofino le mani indolenzite, guardando Leo con riconoscenza: «Grazie.»

«Grazie a te; vederti in versione Uomo Ragno è stata una delle cose più spassose della vacanza.»

Sorrido; gli consento di prendermi in giro giusto perché mi ha salvato da morte certa.

«Per fortuna l'oste del rifugio si ricordava della "ragazza del cappuccino". Mi ha detto che saresti venuta qui a passeggiare, altrimenti non ti avrei mai trovata, visto che hai lasciato il cellulare in macchina... tu e i tuoi esperimenti.»

Mi accorgo che ha la gamba completamente insanguinata. «Leo, ma che hai fatto?»

Segue la direzione dei miei occhi, poi guarda me: «Oh. Oh. Oh. Forse mi sono tagliato...» dice, osservando un tratto di pietra tagliente, deglutendo con un'espressione agitata.

Torna a guardare me e si accascia al suolo come una pera cotta.

26.   Leopoldo

Apro gli occhi con una strana sensazione di torpore, scosso da alcuni sobbalzi; vedo Olivia che, alla mia sinistra, guida il pick-up con l'espressione impanicata di un artificiere alle prese con il disinnesco di una bomba.

«Ma che fai?» chiedo, confuso.

«Tranquillo; non abbassare la gamba», risponde, con gli occhi sgranati e la mascella serrata.

«Perché?» insisto, mentre il mio sguardo annebbiato si sposta sulla mia tibia destra, stesa sul cruscotto: sangue, sangue e ancora sangue.

Buio.

***

Apro gli occhi con una strana sensazione di torpore. Intorno a me tutto è bianco, a parte i capelli corvini di Olivia.

«Dove mi hai portato?»

«Siamo al pronto soccorso; ti hanno messo qualche punto sulla gamba, ma è tutto ok. O, almeno, credo, perché sia il dottore sia l'infermiera che ti hanno medicato non parlano italiano.»

Andiamo bene…

«Puoi guardarti la gamba, ti hanno pulito la ferita. Mi sembra di aver intuito che hai un problema con il sangue», continua, versando dell'acqua in un bicchiere e porgendomelo. «E, comunque, dovresti prendere in seria considerazione l'idea di depilarti le gambe; non so come abbia fatto quel povero dottore a vedere dove metteva i punti, con tutti quei peli.»

La ascolto sperando di perdere nuovamente i sensi, ma non succede.

«Possiamo andare a casa?»

«Se per "casa" intendi la tenda in mezzo al nulla, direi di no; se, invece, ti riferivi a un generico "andiamocene di qui", penso sia possibile. Prima, però, vorrei che parlassi con il medico, per essere sicuri che stai effettivamente bene. Non credo sia normale svenire così.»

«È *perfettamente* normale, se vedi sangue che...» No, non ce la faccio nemmeno a parlarne. «Senti, andiamocene; sto benissimo.»

Dopo aver firmato un paio di fogli, usciamo e raggiungiamo l'auto.

«Ah, guido io», dice Olivia, sorridendo e indicandomi la portiera del passeggero. «Tu sei appena svenuto, non è prudente.»

Per una volta, la sua proposta è sensata.

«Pensavo avessi paura di guidare il pick-up», le rivelo durante il tragitto. Non riesco a nascondere il mio stupore nel vederla cambiare le marce e ruotare il volante con la disinvoltura di un camionista esperto.

«Beh, si fa di necessità virtù.»

Mi sembra la cosa più sensuale che abbia mai sentito.

«Come hai fatto a portarmi fino all'auto?»

«Ho chiesto aiuto a gesti ai turisti che c'erano lì; ho dovuto reclutare tante persone perché pesi un quintale, ma ce l'abbiamo fatta.»

«Ma dove siamo?» domando stranito, quando realizzo che Olli ha parcheggiato il pick-up davanti a un curioso chalet di pietra.

«Eccoci a casa», sorride trionfante. «Ho pensato che, nel tuo stato, non potessimo dormire in mezzo alle montagne; metti che ti succeda qualcosa, chi mi aiuta? E, poi, devi riposare adeguatamente, è ovvio che la giornata ti ha stremato.»

Certo, sono sicuro che l'ha fatto per me…

Decido di non fare polemica; è già buio, ho una fame mostruosa e sono stanco da far schifo. Inoltre, questo hotel dichiara all'ingresso di essere una struttura *green*.

Sbrigate le pratiche di check-in, un valletto ci conduce in un'elegante camera in legno, con un grande letto matrimoniale che appare la cosa più soffice che possa esistere al mondo, un camino e un bagno di dimensioni consistenti. Quindi, se ne va dicendo che ci porterà subito i bagagli e gli animali.

Stravolto, mi butto sul letto. «Quando hai avuto tempo di trovare e prenotare una struttura *green* che accettasse anche gli animali?»

«In ospedale», cinguetta contenta, mentre esamina ogni angolo della camera.

Mi metto a sedere. «Perché hai prenotato solo una stanza?» domando, senza sapere con esattezza come questo dettaglio mi faccia sentire.

Olli ripone il *vanity set* che stava esaminando e mi guarda come se l'avessi sorpresa indossare due volte lo stesso vestito. Impiega qualche istante prima di rispondere: «Oddio. Non lo so… Forse è l'abitudine». Sta arrossendo? «Vado subito a chiedere se c'è un'altra stanza disponibile», annuncia, dirigendosi verso l'uscita.

«Non importa», dico, stendendo un braccio per bloccarle il passaggio. «Va bene così; abbiamo già dormito insieme tutta la settimana, non ha senso prendere due camere per una notte; sarebbe un inutile spreco a livello ambientale.»

«A livello ambientale?»

«Dovrebbero pulire un'altra stanza, mettere a disposizione altri oggetti, lavare altre lenzuola…»

«Ah.»

Olli torna in bagno senza dire altro, io ricevo il valletto con le valigie e mi premuro di dare da mangiare a Schumi e Holly Golightly. Mi stendo di nuovo sul letto, chiudo gli occhi, e la stanchezza mi assale.

27. Olivia

Finalmente un letto soffice! Finalmente una doccia calda! Finalmente un bagno comodo in cui potermi dedicare al mio rituale mattutino!

Dico, io, non ci voleva tanto!

Ho riposato talmente bene che mi sono svegliata naturalmente alle 7 e sono già pronta da un po', mentre, con mia grande sorpresa, Leopoldo è ancora tra le braccia di Morfeo.

Inizio a produrre rumori a caso per svegliarlo – una porta sbatte di qui, una lampada da comodino cade di là... Lo so, è un po' una carognata, ma sono in fibrillazione! Questa sarà la prima colazione decente della vacanza e ho bisogno di fare delle belle foto per il servizio: mi servono quelle sue zampe pelose!

Dopo qualche minuto di colpi accidentali intorno alla stanza, riesco nel mio intento. Leo apre lentamente gli occhi e lo accolgo con un ampio sorriso. «Alzati e splendi, fiorellino. Ci aspetta un'abbondate colazione e sono certa che non vedi l'ora, dato che ieri sera non hai cenato.»

«Mh...»

«Avanti, vai a farti una doccia; ieri hai saltato anche quella.»

«Perché continui a intimarmi di lavarmi? Pensi che non lo faccia?» domanda, mettendosi seduto.

Come spesso accade, Leo ha centrato il punto, ma non gli rispondo per evitare una discussione che rimanderebbe ulteriormente la nostra colazione.

«Stai attento a non bagnare i punti.»

Si limita a un gesto della mano che nel suo linguaggio da orco significa: "Quante scene" e, siccome lo conosco e lo avevo ampiamente previsto, mi inginocchio per proteggere i punti con della pellicola che ho previdentemente chiesto in reception.

«Che fai?» chiede, scontroso.

«Mi preoccupo che la tua ferita non si infetti, è evidente che la stai sottovalutando», spiego, mentre, inizio ad avvolgergli la gamba con la pellicola.

«Sei matta.»

Lo lascio mugugnare, so che lo imbarazza essere accudito. Io, invece, mi sento stranamente contenta di prendermi cura di lui – una sensazione per me del tutto nuova, chiara conseguenza della gratitudine che provo nei suoi confronti.

Leo si chiude in bagno e, dopo qualche minuto, torna in camera vestito e con la sua aria fresca e pimpante. «Muoviamoci! Sto morendo di fame!»

Una volta nella sala ristorante, assisto con sconcerto all'erezione del Burj Khalifa di proteine e carboidrati che rapidamente si accumula sul suo piatto.

Dopo aver preso posto al tavolo e trovato commovente conforto nel primo cappuccino preparato come Dio comanda di questa vacanza, aspetto pazientemente che Leopoldo ingurgiti almeno la metà di quello che ha nel piatto – si sa, un uomo con la pancia piena è un uomo felice e accondiscendente. La mia attesa non dura molto.

«Allora… Ho scoperto che l'hotel propone un'attività molto divertente.»

«Ah sì? Quale?» domanda, bevendo il suo bicchiere di latte. Sì: beve latte intero di prima mattina…

«Lo Shinrin-Yoku.»

«Cos'è?» verifica, scettico, senza sollevare gli occhi dalla sua omelette.

«"Shinrin-Yoku" è una parola giapponese, comunemente tradotta con "Bagno nella foresta".»

Non commenta, continua a masticare.

«È una pratica davvero interessante; ieri notte mi sono documentata su internet e penso dovremmo farlo! Sarà fantastico! Scriverò un articolo, a Géraldine piacerà un mondo!»

«Sembra magnifico; ma che cosa c'entro io?» borbotta, con un sorso alla spremuta d'arancia.

Provo a ignorare la sensazione di acidità di stomaco che mi sta venendo alla sola vista degli intrugli di Leopoldo e a focalizzarmi sulla mia missione. «Scusa, perché? Hai altri programmi? Dopo quello che è successo ieri, mi auguro tu non voglia ancora andare solo a zonzo tra le montagne.»

«Certo che sì. Non è successo niente.»

«Sei svenuto! Piantala di fare il supereroe!»

«Sono svenuto perché mi fa impressione il sangue, non perché ero a rischio emorragia. Sto una favola e non perderò un'altra giornata di sport per stare dietro alle tue trovate diaboliche.»

«Dai, Leo. Io non capisco altra lingua che l'italiano e il tour sarà in inglese. Ho bisogno di un traduttore.»

«Non eri tutta contenta di essere una donna nuova e di metterti alla prova?»

«Sì, però fanno partire lo Shinrin-Yoku con un minimo di quattro partecipanti e stamattina eravamo solo tre.»

«Questo dà l'idea di quanto sia allettante.»

«È una pratica serissima: è un'immersione totale nella natura per entrare in contatto con le tue emozioni più profonde.»

«Peggio del previsto; è un'altra delle tue psico-boiate.»

Ora gioco la carta "ti sfido". «Già, per te tutto quello che non conosci è una "boiata". Punzecchi me, ma guardami: ho campeggiato, fatto rafting, windsurf e ti ho scarrozzato svenuto guidando un pick-up gigantesco su una strada sterrata di montagna. È sempre andata bene? No, però ci ho provato. E tu, che cosa hai fatto oltre la tua zona di comfort? Nulla. Ti faccio una proposta diversa dal solito e guarda un po' come reagisci!» E affondo il colpo di grazia: «Di' un po', non avrai mica paura di fare un'esperienza del genere, vero?»

Leopoldo strabuzza gli occhi. «Paura? Ma che cosa stai dicendo?» ribatte orgoglioso. Evidentemente, l'unica debolezza disposto ad ammettere è "l'impressione" che gli suscita vedere sangue.

Il mio sguardo di sfida non mi abbandona. «Dimostramelo.»

«Tu… sei una vera piattola!» borbotta, spazzolando l'ultima briciola nel suo piatto. «Andiamo.»

***

«*Bianvenuti*». Una signora di mezza età, con i capelli fiammeggianti, sfibrati dalle tinte e cotonati, ci accoglie con un marcato accento francese all'inizio del boschetto dietro all'hotel.

«Ehi, ma questa qui parla italiano», borbotta Leopoldo, seccato.

«Oh, che fortuna, così non dovrai tradurre.»

«Olivia Romano, me la pagherai», promette con voce bassa, in un modo che, anziché risultare minaccioso, sembra quasi…

«Io sono Lucienne e sono la vostra guida in questo *viajo dantro* voi stessi.»

Inspiro e provo a concentrarmi sulla nuova esperienza. Cerco di non badare agli altri partecipanti – sono solo due e mi inquietano profondamente. C'è una ragazzina magra, pallida, con gli occhi azzurro ghiaccio e lo sguardo depresso di una bambola assassina e un vecchio con una lunga coda di cavallo e dei Camperos consumati. Mi impongo di ignorare anche la presenza di Leopoldo che, in alcuni momenti, è… intensa.

«Lo Shinrin-Yoku è una cura contro la depressione, l'ansia, la tensione», continua Lucienne con solennità.

«Noi uomini siamo dominati da l'istinto, *c'est vrai*[17]? Gli istinti a volte prendono il *sopravento*, *sci* fanno fare cose che la nostra *rajione sci sconsiia* di fare: però, quelli primordiali sono buoni, sono *nescessari* alla nostra *sopravivansa; grasie* a loro *sci riprodusciamo… pour example*, tu, *jovanotto*», indica Leopoldo, che, in piedi accanto a me, è palesemente annoiato. «Tu hai visto questa bella *ragassa* e sei stato attratto, perché il tuo istinto ti *disce* che devi riprodurti; *c'est vrai?*»

«Proprio perché il mio istinto di sopravvivenza funziona molto bene, mi ha suggerito l'esatto opposto», commenta Leopoldo, placido. Gli stringo il braccio intimandogli di tacere; il suo cinismo rischia di rovinare lo Shinrin-Yoku a tutti.

Lucienne non pare capire quello che ha detto. «Ebbene, *i* istinti si risvegliano quando siamo a contatto con la natura, *specialmante* se non siamo più abituati a *starsci* dentro; i nostri sensi si *potansiano* e questa *sensasione sci* fa rilassare, come ascoltare le onde del mare o il vento tra le *foie…*»

«Te l'ho già detto che me la pagherai, vero?» mi sussurra Leo all'orecchio. Ignoro spudoratamente il brivido che mi percorre dalla testa ai piedi.

«*Bien*, possiamo *cominsciare* con una pratica naturale di aromaterapia e *stimolasione* sensoriale. *Perscepiamo* la foresta. Chiudete *i* occhi…»

Seguo le istruzioni, già mi sembra di stare meglio.

---

[17] "è vero?" franc.

«Inspirate a fondo; sentite il profumo del bosco?»

Sì, lo sento…

«*Très bien*[18]. E ora… *Silansio*; ascoltate il suono della natura.»

Uccellini. Vento tra gli alberi. Il respiro pesante di Leopoldo accanto a me. È così vicino che posso percepire il suo fiato sulla pelle, avvertire una specie di elettricità correre tra le nostre braccia nude. Lo sbircio senza farmi notare: è l'unico con gli occhi ben aperti, fissa il gruppo con un sopracciglio sollevato e sbuffa, scuotendo la testa con aria di disapprovazione.

«E ora, aprite *i* occhi. Non guardatevi l'un l'altro, osservate la foresta. Riempitevi la vista del verde delle *foie*, del marrone del legno, del *grijio* dei sassi…»

Ok, ho capito; ci sta facendo usare a ruota i cinque sensi.

«Toccate la *foia* dell'albero, sentite la sua *consistansa*, sì? Prendete un *pessettino* di *cortescia* e *assajatela*», dimostra, portandosi alla bocca un legnetto e ciucciandolo.

Ma che schifo! Col cavolo!

«Avanti, niente paura». Lucienne si avvicina a me in modo alquanto minaccioso. Leopoldo ridacchia e mi sfida, sgranocchiando un frammento di corteccia.

Guardo prima lui, poi Lucienne. «Potrei assaggiare la foglia, invece?» domando, con voce flebile. Non so se sia meglio o peggio, ma almeno temporeggio.

---

[18] "Molto bene", franc.

«Puoi *assajare* tutto *sciò* che vuoi, cara», mi assicura Lucienne, gioiosa come se mi stesse offrendo un banchetto di pietanze cucinate da Carlo Cracco.

Per fortuna si volta a smangiucchiare altro fogliame e non devo realmente sottopormi a una simile pratica.

«Ora *passejamo* e *disciamo* ad alta *vosce* quello che vediamo. Per esempio, vedo un albero», esemplifica, iniziando a camminare.

«Vedo un rametto», annuncia il signore con la coda.

«Vedo una foglia. È a terra ed è morta», aggiunge Bambola Assassina.

Beh, se l'attività è questa, spero duri poco, perché hanno già elencato tutte le cose che la mia vista riesce ad abbracciare.

«Vedo una piattola che si è pentita di essersi iscritta a questa stupidata», ridacchia Leopoldo alle mie spalle.

Sfrontato! Come può prendersi gioco di me in codesta maniera?

«Vedo un sassolino», urlo, fingendomi entusiasta per contraddirlo.

«Bravi!» si congratula Lucienne. «Ora, *sceiete* il vostro albero.»

Osservo rapidamente le piante intorno a me e mi lancio accanto a quella più piccola e spoglia: sia mai che ci chieda di mangiarla. Leopoldo è rimasto indietro e gironzola per il bosco, completamente incurante delle attività del gruppo.

«Ora *abbrasciatelo*.»

Prego? Non riesco a nascondere la mia perplessità. «Mi scusi, Signora… Maestra. Non credo di aver sentito bene.»

«*Abbrascia, abbrascia* l'albero, cara.»

Con una certa titubanza, eseguo l'ordine, mentre la mano di Lucienne mi spinge verso il tronco. La corteccia è ruvida contro la mia guancia, ma c'è qualcosa di stranamente naturale nell'abbandonarsi a un albero. Non l'avevo mai fatto prima.

Mi sporgo appena e noto che Bambola Assassina è ancorata alla pianta di fronte alla mia. Mi fissa con i suoi glaciali occhi azzurri e mi dice con una sincerità disarmante: «Questo è meglio di qualsiasi abbraccio umano abbia mai ricevuto.»

«Sì… In effetti è molto… confortante», balbetto, inquietata.

Mi volto dall'altra parte per non guardarla.

«*Conscentratevi* sulle vostre *sansasioni*. Che cosa sentite? Sentite il conforto della natura? Sentite il richiamo della Madre Terra?»

Mmm… forse… forse inizio a sentirlo.

«Adesso *sci* occuperemo del richiamo dello spirito. *Alors*, prendete un sassolino: è il simbolo di qualcosa che volete buttare via, che non volete mai più nelle vostre vite.»

Mi concentro: di che cosa voglio liberarmi? Voglio seppellire per sempre le critiche, la negatività, la sensazione di inadeguatezza. Io sono Olivia Romano, ho un numero spropositato di difetti, ma ho anche tanti, tantissimi pregi.

«Buttatelo via! E, ora, prendete un fiorellino: è una piccola promessa che *oji* fate a voi stessi. Una piccola promessa che deve crescere e fortificarsi dentro di voi.»

Lo giuro a me stessa: imparerò ad amarmi e rispettarmi.

Non riesco a trattenere le lacrime e inizio a singhiozzare, mentre guardo la piccola margherita davanti al mio naso e le faccio questa promessa.

28. Leopoldo

Non ci posso credere! Sta piangendo di nuovo!

«Ehi, amico, la tua donna sta male», mi indica un vecchio con la coda di cavallo completamente canuta. Da quando è iniziata questa buffonata, si rivolge a me per declamare perle di saggezza: "Si stava meglio quando si stava peggio. Dagli amici mi guardi Dio, che dai nemici mi guardo io". Sembra un cowboy che abbia perso il cavallo e l'ho mentalmente soprannominato il "Vecchio Wayne".

«Me ne sono accorto, grazie», mormoro, allontanandomi per recuperare Olli.

Come se non fosse bastato il supplizio cui mi è toccato assistere questa mattina, Olivia non è nemmeno contenta: piange a dirotto e non sembra avere alcuna intenzione di fermarsi.

«Ma perché?» chiedo, cercando di smorzare la mia impazienza, onde evitare di aggravare la sua disperazione.

Per tutta risposta, emette un singhiozzo.

«Senti, io non ce la faccio a vederti così. Ti prego dimmi che cosa vuoi per smettere e lo faccio». Avrà un pulsante di spegnimento da qualche parte, no?

«Amico, portala alle terme e regalale un bel massaggio rilassante; alle pollastrelle piace», mi suggerisce il Vecchio Wayne, che per qualche oscura ragione mi ha seguito. «La ragazza è tesa, deve distendere un po’ i nervi», conclude con un occhiolino, prima di andarsene.

Ma certo! Le terme! Olli sarà felicissima. «Forse quel matto non ha torto; ti va di provare la spa dell’hotel?»

Manco avessi detto “Abracadabra”: Olivia smette di lacrimare di colpo. Annuisce energicamente con la testa, mentre tira su col naso pensando di non essere vista.

«Dici davvero?» domanda, con gli occhi ancora lucidi di lacrime.

«Sì.»

Detto, fatto; dopo essersi soffiata il naso su un fazzoletto che mi decido a tenderle, mi precede con passo spedito verso la spa del resort.

«Buongiorno, vorremmo sapere quali trattamenti proponete», chiede alla receptionist.

«Certo», esordisce la ragazza, in italiano, disponendo un opuscolo sul bancone. «Abbiamo il massaggio rilassante di coppia, il bagno nel latte e miele con degustazione di vini biologici di coppia e il riposo nel fieno di coppia.»

Guardo accigliato Olli, che fa scorrere lo sguardo sulla brochure come un bambino davanti a una vetrina di caramelle.

«In che senso “di coppia”?» verifica.

«I trattamenti sono per due.»

«Ah», annuisce, delusa. «Ma si possono fare anche se non siamo una vera coppia?» A volte la sua ingenuità mi spiazza, mi scioglie.

«Assolutamente! Se non dà fastidio a voi stare nudi nella stessa stanza, per noi non c'è problema.»

Che cosa? Nudi? Io e Olivia… nudi… insieme?

Deglutisco.

«No, un attimo…» la ferma Olli. «Non si possono usare sale separate?»

«I nostri trattamenti benessere sono pensati e progettati per una condivisione totale dell'esperienza… tutte le nostre sale e i kit sono predisposti per due.»

Olivia mi guarda, confusa. Sta cercando un aiuto? Una conferma o una smentita?

Mi immagino in una stanza insieme a lei, senza neanche il fragile scudo dei vestiti, e l'idea del pomeriggio alla spa diventa improvvisamente allettante.

Che voglia un incoraggiamento? Magari ha anche lei questa… come posso definirla? Curiosità, forse?

Continua ad aspettare un mio parere, smarrita. «Che dici?»

Nonna Eloisa mi si materializza davanti nell'atto di togliersi lo zoccolo per lanciarmelo e urlarmi: "Non si fa".

E ha ragione: non si fa. Non si approfitta della vulnerabilità di una ragazza solo per testare i miei *sospetti* su un'*ipotetica* attrazione.

«Senta, non avete qualcosa per single? O che si possa svolgere con almeno un fazzoletto addosso?» intervengo con una punta di impazienza nella voce.

«Abbiamo i percorsi termali. C'è il percorso nelle vasche con talassoterapia, idromassaggio, cromoterapia, Kneipp.»

«Sono tutti in acqua», constata Olli.

«Esatto», conferma la ragazza.

«Che problema c'è?» chiedo.

«Tu hai i punti! Non puoi metterti a sguazzare in piscina», mi ricorda Olivia.

«Va bene, vacci tu. Io faccio volentieri a meno.»

Mi guarda per un attimo dubbiosa. «Sei sicuro?»

«Sicurissimo.»

«Allora vado a mettere un costume», anticipa alla receptionist.

«Va bene, l'aspettiamo.»

Torniamo in camera in silenzio: Olivia sembra ancora sopraffatta dal pianto osceno di poco fa, io continuo a essere perseguitato dall'immagine di lei nuda.

Mentre la mia compagna di viaggio si cambia in bagno, cammino su e giù per la stanza, inquieto. Poi me la trovo davanti, con un bikini e… Sì, sì, l'ho già vista in costume mille volte, ma non ero in questo stato mentale.

«Non so dove ho lasciato le infradito». Si raccoglie i capelli con un elastico e cammina in giro semi-nuda per la stanza. L'incavo del suo collo scoperto mi dà il colpo di grazia.

«Prendi le mie», dico, tirando dei calci in aria per far volare le ciabatte e passandole l'accappatoio dell'hotel. «Va', o farai tardi», la invito, accompagnandola sulla soglia.

Una volta chiusa la porta alle spalle, inspiro a fondo per recuperare il controllo.

Schumi mi guarda, compatendomi. «Lo so, lo so. Sono in una situazione orrenda. Dobbiamo tenere duro ancora un paio di giorni e poi saremo di nuovo a casa, sani e salvi.»

Mi dedico a una corsa nel parco dell'hotel per sciogliere la tensione, torno in camera e faccio una doccia, fregandomene dei punti; mi infilo i pantaloni della tuta e una canottiera e mi butto sul letto a leggere, nella speranza di distrarmi.

Un'ora dopo ho riacquistato padronanza di me stesso.

«Mi sento come nuova!» annuncia la voce strillante di Olli, che entra rumorosamente. «Grazie, hai avuto una splendida idea». Si china sul letto e mi stampa un bacio sulla guancia. «Sei proprio un amico», continua, entrando in bagno. «Ora mi faccio una doccia, ci vediamo dopo, bye bye», mi saluta sventolando la mano, prima di chiudersi dentro.

Oddio che palle... Perché mi deve sempre stare intorno, con i suoi bacetti, il suo profumo... argh!

Provo a rimettermi tranquillo, con scarsissimo successo. Pondero l'ipotesi di uscire a correre di nuovo, anche se ormai è buio e sono parecchio stanco.

Poi, sento il rumore dell'acqua cessare e quella voce magnetica che canta: «*...da Roma fino a Bangkok, cercando te...*»

In condizioni normali la registrerei e manderei l'audio a suo padre per farle dispetto, ma al momento sono un uomo in preda a una disperazione inarrestabile.

Mio malgrado, resto inchiodato al letto, completamente ammaliato. Olivia è una sirena pop e io un Ulisse contemporaneo un po' sfigato.

Lei continua a canticchiare:

… Credo che ci sia qualcosa chiuso a chiave
E che ogni verità può fare bene fare male
Credo che adesso mi devi far sentir le mani
Che a quelle credo…

È troppo; nemmeno la visione di Nonna Eloisa riesce a fermarmi.

Mi alzo dal letto, afferro la maniglia della porta del bagno ed entro. Sono sorpreso fino a un certo punto del fatto che Olli non l'abbia chiusa a chiave. A stupirmi davvero è trovarla imbacuccata in un accappatoio formato gigante, i capelli avvolti in un turbante e la faccia coperta dalla maschera di un… panda?

Sì, questo è proprio un panda.

29.   Olivia

«Cos'hai in faccia?» domanda Leopoldo, stranito.

«Una maschera di bellezza coreana alla bava di lumaca. Che c'è?» chiedo, quindi, perplessa. Di solito, è rispettoso dei miei spazi, non capisco perché abbia fatto irruzione nel bagno.

«È una tortura», risponde. La sua voce è bassa, il suo sguardo fisso nel mio. Qualcosa dentro di me trema: non oso chiedermi il motivo, non posso. Nelle ultime ore ho avuto delle sensazioni strane nei suoi confronti, ma devo sforzarmi di non travisare, di non fraintendere.

«Va bene, la smetto di cantare.»

Lui viene verso di me, mi guarda come non mi ha mai guardata prima, come nessuno mi ha mai guardata.

«Lo dici sempre, ma poi fai quello vuoi». Le sue mani cadono sul piano di marmo del lavello, intrappolandomi tra lui e il mobile.

«Leo… che cosa stai facendo?»

«L'ultima cosa che mi resta da fare; tapparti quella boccaccia che ti ritrovi», dice, fissandomi le labbra.

Le sue parole mi confondono, mi disorientano, mi lasciano trepidante.

Ma la mia attesa non dura molto: la mano di Leopoldo si alza a sollevare la mia maschera di tessuto in un gesto di impazienza e, poi, mi bacia.

Mi prende le labbra tra le sue con una smania sconosciuta e io mi lascio subito andare tra le sue braccia, affondando una mano tra i suoi capelli per tirarlo ancora più a me, per sentirlo di più.

Con un colpo secco, libera i miei capelli dal turbante. E, con lui, si apre finalmente l'unica possibilità che non mi ero mai concessa di prendere in considerazione.

***

Non capisco neanch'io come mi sento. Sono un tumulto di gioia ed emozioni, tutte mescolate, che mi hanno privata del sonno, che mi tolgono il respiro.

Osservo Leo, sdraiato accanto a me. La sua testa mora appoggiata sul cuscino, le sue labbra invitanti, dischiuse in un sorriso caldo e rassicurante, la sua mano sul mio fianco in un gesto di intima possessione e i suoi occhi neri che mi guardano con un'intensità per me inimmaginabile.

È tutto così assurdo; non saprei definirlo altrimenti.

L'inizio è stato bizzarro – mai mi sarei aspettata potesse succedere: il mio amico di infanzia che mi bacia sopra un lavandino, mentre ho un turbante alla Moira Orfei e una maschera alla bava di lumaca con le fattezze di un panda… Ma che importano questi dettagli? È stato così normale, naturale e travolgente che non avrebbe potuto essere più perfetto.

Siamo svegli da parecchi minuti e sembriamo in grado solo di fissarci negli occhi, senza interrompere il contatto, senza dire niente.

«Abbiamo fatto un bel pasticcio», azzardo, poi, visto che non sono capace di godermi nulla se non so con esattezza di che cosa si tratta.

Lui sospira. «Quale pasticcio?»

«Non so... tu che ne pensi?»

Mi sorride, avvicinandosi ancora di più a me. «*Tu* che ne pensi?» domanda, appena prima di stamparmi un tenero bacio sulle labbra.

Non so come rispondere, dato che non sono mai sono stata interpellata su simili argomenti: dev'essere una trappola. In generale, conosco gli uomini piuttosto bene; in particolare, conosco questo qui come le mie tasche. In passato, le sue povere fidanzate hanno dovuto supplicarlo per potersi considerare in una relazione e sono sempre finite male. Male, male, male.

Probabilmente, ora Leo non ha il coraggio di essere brutale perché sono la sorella del suo migliore amico...

«Ehrm... Penso sia stato molto carino, ma si può concludere così», dico, cercando di mantenere la voce ferma.

Affonda nel mio cuscino e mi sussurra all'orecchio: «È davvero quello che vuoi?»

Oddio, ma che cosa sono tutte queste domande? Non ci sono abituata! Io mi adatto a quello che gli altri si aspettano da me!

Non rispondo, trattenendo il fiato per un secondo.

«Se la pensi così, mi adeguerò. Ma, per la cronaca, io non sono d'accordo», svela, tornando a guardarmi negli occhi.

«Perché, che cosa proponi di fare?»

Non ci riflette nemmeno un istante. «Voglio frequentarti. Voglio provare a stare con te e vedere dove andiamo.»

«Dici sul serio?»

Scoppia a ridere, come se avessi chiesto una cosa strana. «Secondo te, se non fossi stato serio, avrei fatto tutto questo casino? Sai, tra i ragazzi c'è la tacita regola di non impelagarsi mai con le sorelle dei propri amici… E io ti sono stato alla larga fino a che non ho avuto la certezza.»

«Quale certezza?»

«Quella di volerti», risponde, baciandomi la punta del naso.

Oh! Lui mi vuole!

«Dunque? Resti comunque della tua idea?»

Scuoto la testa piano, sopraffatta da sensazioni assurdamente inconsuete. «Solo… Aspettiamo a dirlo ai nostri amici; vediamo prima come va tra di noi.»

«Ricevuto», annuisce, abbracciandomi. «Ora porto Schumi e Holly Golightly fuori, ok? Torno subito.»

«Va bene, grazie. Che cosa vuoi fare, dopo? Oggi è il nostro ultimo giorno qui, quali imprese prevede il tuo programma sportivo?»

Leopoldo mi bacia. «Forse non hai capito: oggi non vado da nessuna parte, voglio solo stare qui, con te.»

Oh! Vuole solo stare qui, con me!

«Allora sarò qui ad aspettarti.»

«Brava». Mi fa un occhiolino, alzandosi dal letto per andare a vestirsi.

30. Leopoldo

Siamo tornati a Milano da dieci giorni e, a parte il tempo che trascorriamo in ufficio e l'oretta quotidiana di sport, io e questa deliziosa rompiscatole non ci siamo mai separati.

Praticamente, mi sono trasferito a casa sua. Il mio appartamento è decisamente più grande, ma ho preferito portare le mie poche cose qui, piuttosto che assistere a un continuo esodo di creme, vestiti e accessori sul ballatoio.

Esco dal bagno di Olli dopo una doccia, con un asciugamano avvolta intorno alla vita. La trovo indaffarata al PC, con gli occhiali da riposo che le conferiscono un'aria sexy e indifesa allo stesso tempo.

«Articolo terminato?»

«*Oui*. Géraldine ne è entusiasta; sto rileggendo l'ultima volta il testo da inviare per la stampa.»

Abbiamo rivisto gli appunti su rafting e windsurf insieme: mi è piaciuto aiutarla e vederla con le mani in pasta. Seguire i suoi passaggi mentali e osservare la sua dedizione mi hanno aiutato ad aggiungere un pezzettino al puzzle della sua personalità.

«Géraldine ha adorato lo Shinrin-Yoku, mi ha chiesto di dedicarvi un pezzo a parte».

Olivia è appagata dal suo lavoro ed è elettrizzante condividerlo con lei. «Brava, Olli». Mi chino su di lei e le schiocco un bacio sulla fronte.

«Grazie. Hai fatto la doccia bollente?» domanda, osservando incuriosita la mia pelle.

«Ti ho invitata a unirti a me, ma mi hai detto che dovevi lavorare.»

«Infatti. Ma ora hai i pori dilatati, è fantastico! Possiamo pulirli per bene.»

«Olli, sono già pulito, sono appena uscito dalla doccia! E poi, si può sapere che cosa sono i "pori"?»

«È il momento perfetto per farti un bel cerotto anti-punti neri.»

«Purché non sia ceretta», mi arrendo.

Lo so, lo so: sono uno zerbino. Infierite pure.

Olivia mi appiccica sul naso una fascetta bianca, poi guarda l'orologio. «Ok, dieci minuti ed è fatta», mi comunica, pimpante.

Farla contenta mi rende contento. Sarà strano, ma tant'è.

«Vuoi un massaggio?»

Mmm… Forse l'idea di questi "trattamenti" non è poi così male.

Olli mi conduce sul divano, sistema dei cuscini e mi invita a stendermi supino; la sua indicazione mi sorprende, ma, non essendomi mai sottoposto a un massaggio, seguo docile le sue istruzioni.

«Arrivo subito.»

Sparisce qualche minuto in bagno e torna con un cestino che posa sul tavolo da caffè. Ne estrae una specie di rullo di gomma.

«Che cos'è?»

«Serve a riattivare la microcircolazione del viso. Chiudi gli occhi.»

Obbedisco e Olli comincia a massaggiarmi le guance, il naso, la fronte con l'arnese ed è… piacevole!

«Volevo chiederti una cosa», esordisce.

«Sì, sono pronto.»

«Pronto a cosa?»

«A dire che stiamo insieme», svelo, schiudendo un occhio.

Senza alcun preavviso, mi strappa via il cerotto dal naso; non è traumatico come la ceretta, ma fa comunque un male cane.

«Mi spiace, non c'è un modo delicato di farlo. Ora ti faccio un bello scrub, va bene?»

Non rispondo, tanto so che non ho scampo, qualsiasi cosa sia lo scrub.

Olivia inizia a scartavetrarmi la faccia con qualcosa di ruvido. «Credo sia ancora un po' presto per rivelare la nostra relazione». Sarà la sua risposta, saranno queste sensazioni fastidiose sulla pelle, ma… incasso il colpo.

«Allora, che cosa mi volevi dire?»

Olli mi passa un panno umido e caldo sul viso. Così va meglio.

«La prima settimana di settembre ci sarà una festa per l'anniversario della fondazione di *Ma chérie*.»

Mi spalma una sostanza vellutata, con un profumo gradevole, e mi massaggia il viso con movimenti leggeri e circolari che sono una vera goduria.

«Quindi, pensavo che... siccome è un evento importante, vorrei che venissi con me.»

Apro gli occhi, il suo volto è sopra il mio.

«Ci saranno anche i miei genitori, Vitto, Ada e Greg. Ti avrei invitato comunque», prosegue, senza nemmeno darmi la possibilità di rispondere. «Solo, ci terrei molto che tu venissi *con me*», rimarca, mentre ripone tutti i suoi strumenti nel cestino.

Si rannicchia vicino a me sul divano e io sono felice. Forse è ancora titubante, ma mi vuole accanto in un momento significativo e questo è quello che conta.

«Sarò onorato di venire con te», dico, stringendola forte a me.

Mi bacia, lieve, prima di rivelarmi: «Ho i biglietti per un concerto, stasera.»

«Stasera?»

«Sì, me li ha dati la rivista.»

«Concerto di chi?»

«Una cantante, non ricordo quale...» risponde vaga. «Ci andiamo?»

«Come vuoi. Basta che non mi fai più lo scrub.»

31. Olivia

«Quando cammino per strada sento l'estate che è già nell'aria
Le nostre ombre sopra la sabbia e almeno fino al mattino
Mambo salentino...»

Ah, come mi mette il buon umore questa canzone!

Oggi ho finito presto al lavoro, così, intanto che Leo è ancora in ufficio, ne approfitto per sbrigare un po' di incombenze. Ho portato a spasso Schumi, spazzolato Holly Golightly e rimesso in ordine casa. Ho deciso di cucinare io, stasera. Non che sia brava, anzi, ma sono sicura Leo apprezzerà lo sforzo.

Mi metto un grembiule e tiro fuori dal frigo una dozzina di uova. Farò una frittata! E per farla mi servono un mucchio di uova perché Leo mangia come un adolescente in via di sviluppo.

«Mambo salentino...» continuo a canticchiare, mentre rompo un uovo dietro l'altro in un recipiente.

Il suono del campanello sovrasta sia la mia voce sia quella di Alessandra Amoroso.

Alla porta c'è mia cognata: bellissima, abbronzatissima, coi capelli più biondi del solito e un sorriso a 32 denti. Il panico si impossessa di me all'istante.

Leo mi ha già detto un paio di volte che nascondere la nostra relazione agli amici lo mette a disagio – non parla mai di sé, ma, se gli fanno domande, non è abituato a mentire. Io, però, non me la sento ancora di divulgare la notizia. Non so quando sarò pronta ad ammettere ad alta voce che il nostro rapporto sta andando a gonfie vele; se non avessi avuto tante esperienze negative, forse sarei pronta ad accettarlo. Ma, con tutto quello che mi è toccato passare, credo mi ci vorrà un po' prima di convincermi ad abbassare la guardia. Ora è troppo presto, anche per dirlo alla mia migliore amica.

«Ada, che sorpresa! Cosa ci fai qui??? Non dovevate tornare domani?» chiedo meravigliata, mentre l'abbraccio e calcio i rollerblade di Leopoldo dietro la tenda.

«Lasciamo perdere… C'è stato un terribile *qui pro quo*», annuncia dopo avermi schioccato un bacio sulla guancia. Quando Ada viaggia, ci sono sempre dei "terribili *qui pro quo*" – che poi si riducono immancabilmente allo stesso ventaglio di malintesi: fa confusione con date e orari, dimentica i documenti necessari, oppure si presenta all'aeroporto o alla stazione sbagliata.

«Mi dispiace», mormoro, evitando di indagare ulteriormente. Normalmente sarei contenta di vederla, ma mi ha colto alla sprovvista e ci sono cose di Leopoldo sparse per il mio appartamento.

Ada si incammina nel salotto e si accomoda sul divano, io scansiono la sala in cerca di eventuali vestigia che potrebbero rivelare il mio segreto.

«Oh, Olli, la nostra luna di miele è stata una favola», esordisce, con aria sognante, senza rendersi conto del mio atteggiamento teso. «Con Vittorio è tutto perfetto! È semplicemente giusto così, capisci?»

Mi siedo sulla sponda del divano accanto a lei, stirando le braccia per raggiungere la cravatta con cui stamattina Leo ha lottato fino a perdere la pazienza e che ha abbandonato sul bracciolo prima di uscire di fretta. L'appallottolo e la nascondo dietro uno dei cuscini del divano, con un gesto degno di una scaltra criminale.

«Olli, spero che anche tu, un giorno, troverai la tua anima gemella.»

«Non ti preoccupare, sto bene…»

«Lo vedo! Il viaggio con Leopoldo ti ha giovato, non è vero?»

«Sì, penso di sì.»

«C'è una bella energia positiva che si spande intorno a te.»

A me pare di diffondere solo vibrazioni di terrore, al momento, ma il radar scapato di Adelaide non sembra rintracciarle. Mi limito ad annuire; formulare frasi compiute sarebbe rischioso.

«Ti sei anche messa a cucinare», constata, indicando il mio grembiule.

«Oh… no. È un esperimento. Per la rivista.»

Annuisce. «Perché Schumacher è qua?»

Cavolo! Mi sono dimenticata di Schumi!

Beh, in realtà, anche se ci avessi pensato, non credo proprio avrei trovato il modo di nascondere un Bracco di

Weimar da 40 chili con Ada qui presente. Ok che mia cognata è stordita, ma persino la sua sbadataggine ha un limite.

«Oh, sai, lui e Holly Golightly sono diventati grandi amici in vacanza. E così… è venuto qui a giocare.»

La mia amica sorride. «Vedi, che meraviglia? La forza dell'amore supera qualsiasi ostacolo.»

Cala un silenzio imbarazzante che non ho mai sperimentato prima d'ora, tantomeno con lei.

«Va bene, dai, vedo che ho fatto irruzione nel momento sbagliato, sei presa a cucinare», esclama, infine, alzandosi in piedi. «Passavo di qui e volevo farti un saluto.»

Mi sento un po' in colpa, perché vorrei tanto raccontarle quanto sono felice! Ma… se poi non dura?

«Figurati, mi ha fatto davvero piacere», dico, stringendole la mano. «Scusa, sono un po' indaffarata, oggi; recupereremo presto, d'accordo?»

«Ma certo!» mi rassicura, recandosi verso l'uscita. «Tra l'altro, ero venuta per invitarti a cena. Io e Vitto volevamo organizzare un ritrovo a casa nostra.»

«Benissimo, volentieri! Quando?» chiedo, aprendo la porta.

«Giovedì prossimo. Ci saranno anche Greg e Leo, ovviamente. Oh, e ho invitato Ilaria.»

«Ilaria?»

«La mia amica genovese, che viveva in Australia. Non l'hai mai conosciuta, ma penso di avertene parlato, no?»

«Ah, sì, la scienziata?»

«Esatto. Si occupa degli animali in via di estinzione in Australia, ma deve assistere a delle conferenze in Europa, farà base qui per qualche settimana.»

«Bene.»

«Già! Vorrei combinarla con Leo, sarebbero perfetti insieme!»

Strabuzzo involontariamente gli occhi.

«Su, non fare così… So che non ti piace quando faccio il Cupido della Lomellina, ma lasciami provare», si difende.

Certo che non mi piace, mi ha presentato dei soggetti veramente discutibili in passato. Ma che adesso si metta a farlo con Leo… Che idee le vengono? «Sì», sibilo. «Ma, sai, penso che Leopoldo veda già qualcuno.»

«Chi?» indaga, insolitamente pettegola.

«Non lo so, ma in vacanza stava spesso al cellulare.»

«Beh, tanto le sue storie non durano mai. Si sceglie sempre delle ragazze inadatte.»

Auch. Che pugnalata!

«Magari stavolta è diverso.»

«Lo spero per lui! A giovedì», dice, stampandomi un bacino sulla guancia prima di volatilizzarsi.

Richiudo la porta sforzando un sorriso, cercando di convincermi che il commento di Ada è stato fatto con leggerezza, senza pensarci, che non ha nulla di vero.

Ci provo, ma non ci riesco del tutto.

32. Leopoldo

Settembre è iniziato, i nostri amici sono tornati dalle vacanze e la vita a Milano ha ripreso il suo ritmo normale. A parte per il fatto che io e Olli stiamo insieme – o meglio, stiamo *segretamente* insieme.

Con Olivia mi sembra di correre come Bolt ai Mondiali di atletica a Berlino, ma il fatto di non farlo sapere in giro dà, almeno a lei, l'illusione di andarci con i piedi di piombo. Le tre settimane di convivenza sono andate alla grande. Mi sono ufficialmente candidato alla santità, subendo una serie di trattamenti impietosi, ma sono masochisticamente felice. Ci separiamo appena per andare a lavorare e in ufficio penso tutto il giorno a lei; a quando sarò di nuovo a casa, alla canzone stupida che cantava la mattina sotto la doccia, all'ultimo articolo che ha scritto, al profumo della sua pelle, ai suoi occhi furbini che cercano di incastrarmi, a quelle labbra che…

Sapevo da tempo di essere rovinato; credevo di aver toccato il fondo con la maschera all'alga spirulina che mi ha propinato domenica e, invece, stasera mi tocca la festa per l'anniversario della sua rivista.

Stamattina mi sono guardato allo specchio e ho capito che era ora di tagliare i capelli. Stranamente, Olivia non mi ha detto nulla, ma, visto l'evento di stasera, mi sembra doveroso ridurre il volume della mia criniera per non metterla in imbarazzo davanti ai suoi colleghi.

Scendo in via Paolo Sarpi, il cuore della Chianatown milanese, e mi dirigo dal mio fidatissimo Signor Wáng.

Il Signor Wáng ha un negozietto che ho scoperto quando mi sono trasferito qui e da allora è diventato il mio parrucchiere di fiducia. Non che abbia bisogno di un barbiere fidato; chiunque sappia maneggiare un paio di forbici senza ferirmi è, per me, più che qualificato a tagliarmi i capelli, ma con il Signor Wáng si è subito instaurato uno speciale rapporto di simpatia. Inoltre, è aperto a qualsiasi ora, non è necessario prenotare e, in 20 minuti, riesce a fare shampoo e taglio.

La strada è insolitamente vuota e silenziosa, il negozio del Signor Wáng ha la saracinesca abbassata. Entro nel bar di fronte al mio barbiere, unico negozio aperto nell'intera via, e controllo accigliato l'ora: sono solo le 19, qui i negozi non chiudono fino a notte fonda.

«Scusa, sai mica che è successo al negozio di Wáng?» chiedo al ragazzo dietro al bancone.

«Sono tutti al matrimonio di Zhao Ming e Li Jia.»

Non so chi siano Zhao Ming e Li Jia, ma, ovviamente, non ha importanza. «Anche il Signor Wáng è al matrimonio?»

«Sì.»

«Ok… Sai se c'è un altro parrucchiere in zona?»

«Sono tutti al matrimonio di Zhao Ming e Li Jia», ripete il ragazzo. «È tutto chiuso stasera.»

«Perché tu non sei andato?»

«Non mi hanno invitato», mi confida. «Per sbaglio, la scorsa settimana mi è scivolata la teiera e ho rovesciato dell'acqua bollente sulla mano di Zhao Ming.»

Lo guardo, per un attimo indeciso sul da farsi. «Li sai tagliare, i capelli?»

«Non proprio, signore.»

Sono talmente disperato da spingermi oltre. «Hai mai ferito qualcuno con delle forbici?»

«Sì, signore.»

«Intenzionalmente?»

«No, signore. Io sono il nipote di Wáng, lavoravo da lui. Per sbaglio, mi sono scivolate le forbici dalla mano e ho ferito un cliente… Mio zio mi ha allontanato», rivela. «Però, se vuole, posso riprovarci.»

Per un secondo, considero questa possibilità, ma, fortunatamente, la ragione prevale. «Lascia stare, grazie.»

Mi allontano con passo spedito dallo Sweeney Todd di Paolo Sarpi e torno mogio a casa. Sul pianerottolo, mi imbatto nella Signora Alberti.

«Tutto bene, caro Leopoldo?» domanda, offrendomi la solita caramella alla menta.

«Sì, grazie. Lei?»

«Che è quel muso lungo?»

«Niente… Per la prima volta in vita mia ho avuto un imprevisto cui non c'è soluzione: pensavo di riuscire a farmi tagliare i capelli, ma non ce l'ho fatta.»

«Ci puoi andare domani.»

«Sì, sì, però avrei voluto averli in ordine per questa sera.»

«Oh», annuisce, con un sorrisone. «È per un'occasione speciale, quindi?» indaga, indicando con il mento la porta dell'appartamento di Olivia.

Mi gratto il collo, pensando a che cosa rispondere. In fondo, è la Signora Alberti, non c'è niente di male. «Olivia mi ha invitato a un evento di lavoro e, sa, non volevo farle fare brutta figura.»

La Signora Alberti mi guarda come se le avessi rivelato di aver donato un rene. «Se ti fidi di me, te li taglio io.»

La osservo esitante, ma tentato di accettare la proposta. «Ne è sicura?»

«Ma certo! Lo faccio sempre per i miei nipoti.»

Sollevato, annuisco e seguo la mia vicina nel suo appartamento.

33. Olivia

«Sei pronto?» urlo dal bagno.

«Che domande! Certo che sono pronto», risponde Leopoldo.

Sono un fascio di nervi. Stasera è la nostra prima uscita pubblica. Anche se non ci presenteremo come una coppia, saremo insieme in mezzo a persone che ci conoscono – in particolare, i miei colleghi e i miei genitori. I nostri amici comuni non saranno presenti: Vitto, Ada e Greg sono impegnati in una premiazione per lo studio di mio fratello, il che ci facilita un po' le cose.

Da un lato, avere la mia famiglia e Leo a un evento speciale quale l'anniversario di *Ma chérie* mi rende contenta, dall'altro mi terrorizza.

«Olli, quanto ti ci vuole? Guarda che facciamo tardi.»

«Arrivo, arrivo!» strillo dal bagno.

Tra noi va tutto bene, tranne quando dobbiamo uscire, perché Leopoldo mi mette sempre l'ANSIA.

Per velocizzare i tempi, si è preparato a casa sua, quindi non ho ancora visto come si è conciato. Non che mi importi, se devo essere sincera: è tanto bello da poter andarsene in giro avvolto da una semplice foglia di fico, per quel che mi riguarda. O forse no, attirerebbe un po’ troppo l’attenzione.

Dopo una spruzzata di Lancôme La Nuit Trésor, lo raggiungo trafelata in salotto. «Eccomi, scusa. Corriamo, siamo in ritardo», dico agitata, afferrando la borsetta da sera appoggiata sulla poltrona.

«Aspetta». Si alza dal divano e mi cinge la vita. «Ciao», sussurra baciandomi piano.

«Ciao», mi calmo di colpo.

«Sei bellissima.»

Sorrido, strofino il naso contro il suo. «Anche tu. Sei meraviglioso». Lo osservo più attentamente. «Che hai fatto ai capelli?»

La chioma di Leo, solitamente liscia e tagliata a spazzola, era cresciuta parecchio durante la vacanza. Ora è più corta, ma in modo… strano. Le sue ciocche cadono disordinate, a lunghezze e livelli diversi.

«Me li sono tagliati per risultare più ordinato», ammette, sorridendo compiaciuto. Oh, così mi scioglie il cuore!! Ha combinato un macello, sembra uno spaventapasseri, ma l’ha fatto per me!

«Li hai tagliati da solo?» chiedo, senza riuscire a trattenere le risa.

«No, è opera della Signora Alberti.»

«La nostra vicina?»

«Sì.»

Lo scoppio della mia risata è irrefrenabile.

«Ma che cosa ha usato, un tosaerba? La tua testa è una collina terrazzata.»

Lui ride a sua volta, mi schiocca un bacio su un orecchio. «Mi dispiace. Volevo "mettermi carino", come dici tu», rivela.

«Lo so. È per questo che ti amo.»

Ops.

Ops.

Ops.

Ma che cosa ho fatto? Che cosa ho detto?

Sollevo gli occhi sul viso di Leopoldo, per spiare la sua reazione. Magari non ha sentito.

Invece, mi guarda con gli occhi più profondi di un abisso e il sorriso più luminoso di un faro, un volto in cui perdersi per poi ritrovarsi. «E io amo te.»

Qualcosa – una sensazione calda, dolce, avvolgente – si impossessa del mio petto, della mia pancia, si diffonde, mi riempie, mi emoziona. Ecco quello che forse amo più di lui: tutto è spontaneo, naturale, inaspettato e, allo stesso tempo, assolutamente normale.

«Vado bene vestito così?»

Non mi servono minuti di osservazione per notare che, nonostante abbia scelto di indossare un *blazer*, l'abbinamento del marrone sulla T-shirt della Billabong rossa è proprio sbagliato. Sì, i jeans sono tra i più adatti a una serata modaiola, ma calza un paio di Converse verde acceso che fanno a pugni con il resto. Però non importa, perché si è sforzato di mettersi carino e mi fa molto più piacere che se sfoggiasse l'eleganza innata di Giorgio Armani.

«Ribadisco: sei magnifico. Cioè, sei un disastro, ma nell'insieme sei favoloso», lo tranquillizzo, baciandolo lievemente sulle labbra. «Domani sistemiamo i capelli, ora dobbiamo muoverci, se no facciamo tardi.»

«Perfetto, andiamo», annuisce, accompagnandomi galante alla porta.

34. Leopoldo

Con il tram, raggiungiamo piazza Cairoli in pochi minuti.

Il grande open space, sede della redazione di *Ma Chérie*, è punteggiato di decorazioni argento e palloncini a forma di 5 sparsi ovunque e brulica di persone ciarliere.

Al nostro ingresso veniamo assaliti da una folla di colleghi di Olli, che si complimentano per come è vestita – o, almeno, credo, perché non capisco con esattezza il loro gergo.

Vorrei lanciarmi sul buffet, oggi non ho pranzato e, una volta lasciato l'ufficio, mi sono dovuto preparare per venire qui; ora ho una fame tremenda. La folla continua a fermarci, ma, tenacemente, cerco poco a poco di avvicinarmi al tavolo trionfante di leccornie. Finalmente io e Olli siamo davanti al banchetto, ma prima che possa avventarmici, una donna bassa, con il caschetto nero e una lunga collana di perle, ci viene incontro teatralmente: «*Ma chérie*, che bello vederti; e con questi tronchetti in nappa, poi! Sei così *chic*.»

«Grazie», sorride Olivia, che, a differenza mia, ha capito il complimento della sua capa.

«Lui dev'essere il tuo nuovo Mr Freedom.»

«Géraldine, ti presento Leopoldo Benedetti». Aspetto con pazienza che aggiunga "un mio amico", ma non lo fa.

Uno strano sollievo mi invade, mentre la mia visione periferica è attirata da invitanti panini sul piano che sta proprio accanto a me.

«Di cosa si occupa?» domanda Géraldine.

«Sono avvocato.»

«*Génial*», risponde, con un sorriso appena accennato.

«Scusate, mi stanno chiamando i miei, probabilmente non trovano gli uffici. Vado a prenderli», ci interrompe Olli.

«Ma certo, *ma chérie*», la rassicura Géraldine. «Intratterrò io il tuo ospite.»

E fu così che Olivia mi lasciò solo nella tana del lupo.

«Congratulazioni per il traguardo raggiunto», dico, cercando di avventurarmi in una conversazione di circostanza.

«*Merci*. Questo autunno ci darà ancora più soddisfazione, visto che sono stata scelta per collaborare alla Signature Collection di Weekend Max Mara.»

Mi guarda, chiaramente in attesa di una mia manifestazione di stupore, per cui la soddisfo, anche se non so di cosa stia parlando.

«Sì», prosegue, con finta modestia. «Devo dire che sta piacendo molto. Mi hanno fatto i complimenti per il mio gusto. Abbiamo proposto *trench* dal taglio maschile, capispalla in lane rustiche e pantaloni di *gabardine*. E abbiamo voluto giocare con il patchwork e con *mix & match* tra stampe *check* e righe.»

«Ma che bello», echeggio, alienandomi da me stesso.

«Vuol vedere la collezione? Sul mio telefono dovrei avere qualche foto.»

Ringrazio Dio per la prima frase di senso compiuto che mi dice. «La prego.»

«Mi passerebbe la *clutch*, per favore?» chiede, quindi, alzando un po' il mento in direzione del tavolo accanto a noi.

Resto in attesa di un segnale più comprensibile, ma la sua espressione è fissa. Mi volto nuovamente verso il buffet e scelgo di tentare la sorte, afferrando un calice di vino bianco e porgendolo alla redattrice nel modo più elegante che mi riesce.

Géraldine emette uno sbuffo o, forse, mi fa una pernacchia. Qualsiasi cosa sia quel verso, trasuda disprezzo.

«*Mais non, mais non*… la *clutch*, la mia borsetta da sera», spiega indicando un borsello che giace abbandonato sull'angolo del tavolo da buffet. «Il mio cellulare è là dentro.»

«Mi perdoni, non avevo sentito», mento, passandole l'astuccio.

Géraldine sorride freddamente. «*Merci*.»

Il lato positivo è che si dimentica completamente di mostrarmi le foto, di qualsiasi roba si trattasse.

***

Sono felice di essere qui? Gesù, no! Avrei preferito starmene a casa e guardare i mondiali di basket, oggi gioca pure l'Italia.

I colleghi di Olli mi hanno fatto diverse domande assurde: una tizia, tale Freja, mi ha chiesto se, secondo me, Olivia usa le extension; ho pensato si riferisse ai tacchi, ma mi sembrava una domanda troppo stupida visto che la risposta è sotto gli occhi di tutti. Mi hanno chiesto se fossi un influencer, se stessi cercando di lanciare i *blazer bouclé* e un nuovo *hairstyle*, cosa ne pensassi del *look-oversize* e poi, ve lo giuro, si sono messi a parlare di qualcosa chiamato *"cat-walk"* e sono piuttosto certo non si riferissero alla camminata di un gatto.

Ma sono qui per la mia ragazza. La guardo mentre intrattiene conversazioni con i suoi collaboratori e sorride felice; è sufficiente a compensare la mia mancata visione di Italia contro Angola.

I suoi genitori sono arrivati, ma sono stati fagocitati dalla massa – sono due personalità di spicco nel campo della musica e dell'arte.

«*Pardon*, un minuto di attenzione», prende la parola Géraldine con un microfono. «Grazie a tutti di essere qui stasera. Sono passati già cinque anni da quando, sola, ho fondato questo settimanale femminile.»

Olivia è in piedi poco distante da me, si gira e mi cerca tra la folla. *Sono qui, amore*, le dico mentalmente. Mi trova e mi sorride.

«… e devo ringraziare i miei collaboratori; in particolare Holly! Vieni, *chérie*; vieni qui.»

Una fitta di orgoglio mi colpisce dritta al petto; mi volto verso il fondo della sala, vedo che i Signori Romano mi individuano e, fatto loro un cenno, si fanno strada e si fermano accanto a me.

«Holly è l'unica della redazione che era qui cinque anni fa, ha iniziato con me. Si era appena laureata e mi faceva il caffè e le fotocopie perché io avevo già troppi giornalisti e non trovavo modo di darle spazio. Lei, determinata com'è, ha aspettato paziente e, quando il suo momento è arrivato, ha superato ogni aspettativa. Ho avuto tanti validi collaboratori, ma lei è sempre stata al mio fianco, leale e solida; e sono convinta che *Ma Chérie* non sarebbe quello che è senza di lei. Grazie, mia cara!»

I Signori Romano si stringono un po' di più l'uno all'altra; Olli ha ragione, sono una coppia unitissima.

Terminato il discorso di Géraldine, li saluto.

«Dovete essere molto orgogliosi.»

«Lo siamo», conferma Chimi. Si asciuga con un fazzoletto di tessuto una lacrima all'angolo dell'occhio, ma la sua espressione è monolitica. Mi viene il dubbio che tutta la frustrazione di Olivia e il suo sentirsi non apprezzata dalla madre sia un problema di conformazione facciale.

«Caro Leo, che cosa mi racconti?» domanda Frank Romano, dandomi una pacchetta sulla spalla. Indossa il suo immancabile cappotto di pelle alla Matrix, i capelli lunghi e corvini contrastano con il pizzetto ormai completamente bianco.

«Tutto bene, nessuna novità; ho cambiato lavoro, però.»

«Sì, Olivia ce lo ha raccontato; sei soddisfatto?» chiede, con la sua solita aria fosca.

«Lo sono, Frank, grazie.»

«Volevamo tanto ringraziarti per quest'estate», si intromette Chimi, afferrandomi l'avambraccio con affetto, una delle rare dimostrazioni fisiche che le abbia mai visto compiere. «Vittorio ci ha detto che ti sei preso cura di nostra figlia, non sai quanto te ne siamo grati.»

«Non dovete nemmeno pensarlo, è stato un piacere.»

«No, mia moglie ha ragione… Ti sei cuccato quello scapestrato di Vitto per anni, cercando di mettergli la testa a posto, e adesso, con Olli… Insomma, vi siete avvicinati, no?» azzarda, aggiustandosi i capelli dietro l'orecchio, in un gesto vagamente imbarazzato.

Mi conforta constatare che, nonostante Frank sia un metallaro giovanile, conserva il riserbo e il pudore di un genitore stile anni '50, perché non avrei retto una conversazione più esplicita di così, né stasera né mai.

«L'ho solo portata qualche giorno in vacanza…»

«Oh, caro Leopoldo, smettila. Abbiamo capito benissimo che state insieme», sussurra Chimi, con un sorrisetto complice.

E ora che faccio? Nel dubbio, taccio.

«Siamo davvero sollevati», aggiunge, annuendo impercettibilmente.

Sorrido senza confermare esplicitamente e aggiungo: «Stiamo andando pianino, sarebbe fantastico se Olivia non sapesse che ve ne siete accorti.»

L'unica risposta che ricevo è un breve cenno di approvazione di Frank Romano ed è tutto quello di cui avevo bisogno.

35.   Olivia

Sto sfogliando l'ultimo numero di *Io Donna* da una decina di minuti. Parte del mio lavoro consiste nel sapere di che cosa parlano gli altri settimanali femminili, per non riproporre le loro stesse idee. Inoltre, mi piace leggere quello che scrivono i miei colleghi, molto spesso trovo di che imparare.

Trovo un articolo su una passeggiata di montagna sopra il lago di Garda; faccio un'orecchia alla pagina per tenerlo a mente – io e Leo potremmo andarci nel weekend, sicuramente gli piacerebbe!

Proseguo nella lettura e mi imbatto in un accorato editoriale su uno scandalo ambientale: a quanto pare, diverse aziende produttrici di tè, che vantano bustine di carta completamente biodegradabili, utilizzano plastica nei loro prodotti. Segno anche questa pagina, per ricordarmi di parlarne con Leo; sono certa che gli interesserà.

Ah, non vedo l'ora di tornare a casa da lui! Quasi quasi, adesso me la svigno…

La voce di Géraldine interrompe i miei pensieri. «Holly, hai un minuto per me?» Sta ritta davanti alla mia scrivania, ma con la mano indica la sua postazione.

«Certo», rispondo, alzandomi e seguendola.

«Come va?»

«Bene, e tu?»

«Bene…» conferma sedendo sulla poltrona di pelle e sfilandosi gli occhiali da lettura. «Tranquilla, non voglio parlarti di lavoro… È più una conversazione madre-figlia. Lo sai, tu per me sei al pari di Geneviève.»

Lo so. E lei, per me, è come una mamma – è sempre stata più espansiva e incoraggiante di quella che Madre Natura mi ha fornito.

«Allora, questo Mr Freedom? Ti fa felice?»

«Stiamo cercando di andarci piano…» Anche se non so se sia corretto: per i miei standard, stiamo procedendo alla velocità di due lumache vecchie e stanche – la Olli di prima avrebbe scritto un comunicato stampa per presentare al mondo il suo nuovo fidanzato dodici secondi dopo il bacio. Però, nell'intimità, io e Leopoldo ci stiamo conoscendo e stiamo condividendo pezzi di vita che non ho mai condiviso con nessuno.

«Sei contenta?»

«Lo sono.»

«Bene», annuisce, seria.

«Non è questo che volevi dirmi, vero?»

Géraldine emette il suo solito sbuffo-pernacchia. «Beh… Posso essere sincera con te?»

«Ti prego.»

«Leopoldo sembra un ragazzo fantastico, davvero, ma… che cosa c'entra con te? L'hai visto l'altra sera? Un povero pesce fuor d'acqua… Così a disagio, così perso, così annoiato!»

«Non era il suo genere di evento.»

«E poi, *oh là là*, com'era vestito? Sei diventata daltonica pure tu? Quanti colori indossava?»

Mi stringo nelle spalle; onestamente, non ricordo il suo *outfit*. Mi ricordo solo che era bellissimo e che ci siamo detti di amarci.

«E poi, i capelli… *Mon Dieu*, che è successo? Se li è fatti tagliare da… da uno scoiattolo?» domanda con gli occhi sbarrati.

Uno scoiattolo? Ma come le viene in mente? Ridacchio all'idea di Cip e Ciop, nuovi *hair stylist* del mio fidanzato, ma Géraldine non mi fa caso.

«E poi, non è riuscito a intrattenere una conversazione con nessuno di noi.»

«Lo so, ho notato che era un po' in imbarazzo.»

«Ecco, io vorrei vederti realizzata, ma cerchi sempre uomini impossibili, inadatti a te…»

Non è che li abbia proprio cercati… Più che altro, mi sono capitati e me li sono fatta andar bene.

A parte Leo, ovviamente.

Oppure no?

«Vorrei solo raccomandarti di stare attenta, tesoro. Mi sembrate troppo diversi.»

Non è che sembriamo, lo siamo.

È un problema?

Non mi pare, sta andando alla grande con lui!

O, forse, tutto mi appare meraviglioso perché è l'inizio? O me ne sto convincendo perché sono abituata ad accontentarmi?

Cerco di seppellire il sentimento di negatività che il discorsino mi appiccica addosso; ci provo fino alla fine della giornata.

Terminate le ultime faccende in ufficio, prendo un'auto elettrica al *car-sharing* con la tessera di Leo e torno a casa. La mia MINI Cooper è stata tristemente mandata in rottamazione dopo che il meccanico mi ha assicurato che non c'era più nulla da fare, così sto scoprendo la mobilità alternativa, con grandissima soddisfazione di Leopoldo.

A casa, trovo il mio Tarzan in cucina, coperto di farina… Mmm… è sexy quando cucina. Solleva il suo sguardo su di me mentre continua a lavorare la pasta con movimenti rapidi ed esperti.

Riconosco che le sue grosse mani sono una delle cose cui penso più spesso, se non siamo insieme. Sono mani che ti sanno sostenere, che ti guidano, che risolvono tutto, che ti accarezzano con una dolcezza incredibile, che ti possiedono con una forza disumana.

«Ciao, visione», lo saluto, buttando la borsa sulla poltrona. Mi avvicino al tavolo della cucina e gli schiocco un bacio sulla spalla. «Vedo che il parrucchiere era aperto, oggi», constato, indicando i suoi capelli a spazzola.

«Ciao, stupenda. Sì, per fortuna il Signor Wáng è tornato operativo. Come è andata la giornata?» Posa la palla di pasta, mi prende il viso tra le mani e mi bacia. E io mi abbandono immediatamente a lui. Se il mio *blazer* in *crêpe* di Alexander McQueen fosse dotato di volontà propria, si staccherebbe da me e correrebbe lontano, visto che lo sto impanando come una scaloppina senza il minimo riguardo per i suoi delicati fili di seta.

«Dopo ti racconto! Ho un'idea per il prossimo weekend!»

«Fammi indovinare… sarà qualcosa di pretenzioso. Degustazione di vini? Di tartufo? Di funghi?»

«Ottime idee, dovremmo programmarle per l'autunno! Ma pensavo che questo sabato potremmo andare a passeggiare in montagna, che ne pensi?»

Eccolo là, il suo sorriso. Quel sorriso che mi blocca il respiro tanto mi emoziona.

«Sei la fidanzata dei sogni di qualsiasi sportivo, lo sai?»

«E tu la cavia dei sogni di qualsiasi estetista. Allora, che cucini?»

«Una torta salata per la cena di stasera.»

«Quale cena?»

«Da Vitto e Ada, ricordi?»

«Ah, già! Che bello!»

«Quindi, stasera siamo una coppia?» domanda, senza lasciare il mio sguardo.

«Quando non siamo una coppia?» rispondo, sorridendogli.

«Olli… Sai che intendo dire. Andiamo avanti da un mese e siamo felici, no?»

«Sì…»

«Non fraintendermi, non è che io debba per forza raccontare gli affari miei. Ma detesto mentire e fingere, non mi piace questa situazione.»

La sua sicurezza mi riempie di gioia, ma la richiesta mi getta nel panico e non capisco nemmeno io perché.

«Lo so e mi dispiace. Però, ti prego, prendiamoci ancora un attimo… è un grosso passo», provo a convincerlo, cercando di non ferirlo.

Lui stringe appena le palpebre intorno a quei suoi bellissimi occhi neri. «Va bene», acconsente, prima di schioccarmi un bacio sulla fronte e riprendere a cucinare.

***

Sono stata un po' stronzetta a rispondere così a Leo, prima; ed ecco che, immancabile, arriva la mia punizione karmica. A cena dai nostri amici c'è anche Ilaria, la ragazza che Adelaide ritiene perfetta per Leopoldo.

Non mi piace nemmeno un po': con quella sua frangia bionda da Cenerentola dei poveri, quelle spallone larghe da nuotatrice e quel sorrisetto finto-ingenuo da topolino di campagna che arriva in città, mi è stata immediatamente antipatica.

Tra l'altro, si è messa subito a monopolizzare la discussione parlando a voce altissima e annoiandoci con incomprensibili resoconti di regate – argomento di cui non frega niente a nessuno, a parte Leo – nonostante i disperati tentativi degli altri commensali di sviare la conversazione. Volete vedere? Ecco.

«E, così, sei diretta a una conferenza sul *climate change*?» le domanda Gregorio.

«Sì, a Valencia. Sono così contenta! Subito dopo la conferenza, potrò anche veleggiare un po'.»

«C'è una regata?» si informa Leo.

«Regate di allenamento per la 52 Super Series. Un mio amico vi prenderà parte, quest'anno, così potrò fare con loro qualche uscita di collaudo.»

«Di quale team fa parte, il tuo amico?» continua Leo, interessato.

«È l'armatore di Argo.»

«Entusiasmante! Ho letto che hanno fatto alcune modifiche nell'ultimo mese.»

«È vero; hanno cambiato il bulbo e l'albero, e sono subentrati alcuni nuovi membri nel team.»

«Uh, che bell'anello», tento di interromperla. In fondo è una donna, ci sarà qualcosa di cui le piace parlare a parte la barca a vela, o no? Non so, i colori di questo autunno, l'ultima collezione di Moschino, i riflessanti più scadenti…

«Grazie! Me lo ha regalato mio fratello per il mio compleanno. Anche se purtroppo non lo metto mai.»

«Perché no?» domanda Adelaide.

«Per comodità; me ne succedono di ogni quando esco in barca. Una volta ho addirittura perso un anello di rubini: sono volata in mare per non perdere il bugliolo mentre eravamo in moto e, in acqua, mi si è sfilato l'anello; da allora ho smesso di portare gioielli.»

«Il "bugliolo" è un secchiello», sussurra Gregorio, alla mia destra, vedendomi smarrita.

«Seee», sibilo, frastornata dall'incomprensibile aneddoto.

«Buglioli a parte, vai anche in deriva?» domanda Leo, con una faccia compiaciuta da "battutona". Sembra proprio pendere dalle labbra di questa qua.

«Sì, certo, anche in deriva. E, quando sono io al timone, non si scuffia», assicura lei.

Cosa fanno, parlano in codice?

«Vorrei proprio vedere…» la sfida Leo.

Cosa fanno, flirtano?

«Ada e Vittorio ne sono testimoni! Lo scorso weekend erano da me a Genova e li ho portati fuori.»

«Già, siamo riusciti a fare dei bei bordi: c'erano 20 nodi, si volava via», aggiunge mio fratello.

«Con gennaker e trapezio siamo riusciti a planare», conclude Ilaria.

È uno scherzo? Che cavolo stanno dicendo? Io non capisco… Ma, poi, come si è messo a parlare, mio fratello? Non è mai stato su una barca a vela!

Evidentemente, si stanno prendendo gioco di me, come in *Amici Miei* – sono cresciuta con tre trogloditi, so le battute del film a memoria. Uno dei passatempi preferiti di mio fratello e i suoi amici è farmi scherzi e tendermi trappole; ci sono abituata.

Decido di stare al gioco, per far capire a questa Ilaria con chi ha a che fare. Nessuno mette Olli in un angolo: non riuscirà a escludermi da questa conversazione. «Certo, certo. Il gennaker, con lo scappellamento a destra. Come se fosse antani», commento con aria esperta.

Leo scoppia a ridere, spruzzandomi in faccia un po’ dell’acqua che stava bevendo. «Ma che dici, sei ubriaca?» chiede, in preda a un mezzo-soffocamento.

Sbatto le palpebre, confusa. Non stavamo giocando?

Ilaria mi guarda con un sopracciglio sollevato, chiaramente disorientata dalla mia battuta. Mio fratello, invece, mi studia come se fossi uno strano rompicapo che non riesce a risolvere.

«Olli, stanno parlando di barche a vela», mi rincuora Gregorio. «Per davvero.»

«Mi aiuti a fare i caffè?» Adelaide mi strattona in direzione della cucina per sottrarmi al momento di imbarazzo generale.

Decido di non parlare più, mi sono resa ridicola a sufficienza agli occhi di questa avventuriera da quattro soldi. Vorrei solo che smettesse di fare gli occhi dolci a Leopoldo. Sento che se la piantasse, se venisse risucchiata da un buco nero, tutto andrebbe meglio; il nodo che ho allo stomaco si scioglierebbe, mi lascerebbe in pace.

Provo a non pensarci e ignorare l’ansia che mi sta consumando.

Forse, dopo tutto, ha ragione Géraldine: siamo troppo diversi. E, forse, ha ragione pure Ada: Leo ha bisogno di una persona simile a lui.

36. Leopoldo

Che bella cena! Che serata piacevole!

Sono proprio contento di aver visto i miei amici e aver conosciuto Ilaria; sembra una ragazza simpatica. Unico neo, dover fingere di non stare con Olli – non mi piacciono i segreti, non ne ho mai avuto uno, e questa situazione inizia a starmi stretta.

Forse dovrei far valere un po' la mia posizione.

Preparo un Mint Julep per Olivia, vorrei che fosse distesa mentre ne parliamo. Se ne sta seduta sulla poltrona, con l'abito elegante che indossava a cena e la mano nascosta tra i capelli: pessimi segni.

Le porto il cocktail, ma lei lo ignora, persa nei suoi pensieri.

«Che c'è che non va?» chiedo, accucciandomi ai suoi piedi, prendendole le mani tra le mie.

«Niente, niente», minimizza, con un debole sorriso.

«Siamo a casa da venti minuti e non ti sei ancora fiondata a mettere una tuta, ti stai massaggiando compulsivamente il lobo e non hai degnato nemmeno di uno sguardo il tuo Mint Julep; che c'è?»

Si prende qualche momento per rispondere. «Leo, non credo stia funzionando.»

Eh?? Questa non me l'aspettavo.

«Che dici, amore?» Cerco di reprimere un moto di stizza; perché deve creare problemi dove non ci sono?

«Non lo vedi? Siamo troppo diversi.»

«E allora? Che importa? L'importante è che stiamo bene. Tu non sei felice?»

Lei aggrotta la fronte: sembra doverci riflettere e mi fa imbufalire.

«Non è questo il punto.»

«E qual è il punto?»

«Ci schianteremo, non lo vedi? L'altra sera, alla festa, eri palesemente a disagio, senza considerare quanto sono stata male io stasera...»

«Sei stata male?»

«Certo! Mi sei scoppiato a ridere in faccia davanti a tutti, umiliandomi.»

Umiliandola?

«Olli, ma io... Io mi sono messo a ridere per quanto è stata carina la tua risposta, non ti stavo prendendo in giro.»

Lei rotea gli occhi, come se non mi credesse. «Noi... non parliamo la stessa lingua.»

«Io, davvero, non so che dire...»

«Ecco un altro dei motivi per cui non dureremo: tu non mi capisci.»

«Io ti capisco meglio di quanto tu capisca te stessa; tra di noi è perfetto, non ci sei abituata e, quindi, ti metti in testa strane idee per fare un po' di casino.»

«Certo, come no? Sta andando tutto così bene che hai passato la serata a flirtare con Ilaria…»

Oh, Signore, dammi la forza di sopportare questa regina dei drammi!

«Non ci stavo flirtando e lo sai benissimo.»

«Invece sì; e sai perché? Perché la verità è che io non ti renderò mai felice.»

«Lascialo decidere a me». Anche se sono esausto e modestamente incazzato, il mio lato razionale prevale: in cinque minuti è riuscita a tirare in ballo la nostra diversità, la mia incapacità di capirla, l'ombra di un'altra donna e la sua inadeguatezza. Non ha senso… Non sarà che…? «Olli, stanno per venirti le tue cose?» domando, con un tono più dolce e paziente.

Ehi! Ho sentito il vostro mormorio di disapprovazione!

La mia non è insensibilità, ma… Insomma, io, Olivia, la conosco. Ogni volta che fa delle scenate, torna indietro e chiede scusa dicendo che "forse era un po' nervosa per il ciclo". Ho le mie buone ragioni per farle una simile domanda.

La sua prima risposta è un'orribile occhiataccia, la seconda un sibilo: «Mi auguro tu stia scherzando.»

«Amore, qual è il problema? Il problema vero.»

Lei esita, mi osserva, poi sposta l'attenzione in alto, a destra, a sinistra e in basso.

«Ci ho provato, Leo. Mi sono sforzata, ma…»

«Ti sei *sforzata*?»

Stavolta regge il mio sguardo, mi affronta apertamente. «Sì. Mi sono sforzata di farmi andare bene la situazione, come al solito.»

Che stronza!

«Fantastico. Sarai sollevata di sapere che, da oggi, non ti dovrai più sforzare.»

Mi guarda con gli occhi lucidi, ma non aggiunge altro. E a me non resta che uscire dalla sua vita, seguito da Schumi.

37. Olivia

Niente. Anche questo non era vero amore.

Ancora una volta, ci ho sperato. Non mi sono concessa il lusso di crederci fino in fondo, ma una parte di me si illudeva che sarebbe stato diverso.

La cosa più dura è vederlo ogni singolo giorno: l'ho incrociato diverse volte, al mattino quando vado in redazione o tornando a casa, e mi ha trattato con una freddezza più glaciale di quella con cui mi trattava prima.

Prima che iniziassi a vederlo con altri occhi.

Prima che desiderassi scoprire il suo sapore.

Prima che mi accorgessi di quanto è straordinario.

Prima che mi innamorassi di lui.

Era meglio lasciarci ora per soffrire meno – tanto, è ovvio, non sarebbe mai durata. Leo non ha fatto proprio nulla per convincermi del contrario. Si è ritirato dove stava e questo mi ha fornito l'ulteriore prova che, alla fine, pure lui lo sa: non era vero amore.

E, allora, perché cazzo fa così male?

Non importa, non lo voglio sapere. Che differenza potrebbe mai fare?

Oggi sono già arrivata a quota sedici piantini furtivi nel bagno, se continuo così mi disidrato.

Mi concentro sul lavoro, la mia unica zattera di salvataggio nell'ennesimo naufragio della mia vita sentimentale.

«Lui chi è?» chiedo con una voce spettrale a Irene, l'assistente di produzione, indicando l'uomo che mi sta davanti con un aspetto da zombi peggiore del mio.

Géraldine mi ha mandata a supervisionare uno *shooting* per un servizio di moda interno; di solito se ne occupa Freja, ma è in viaggio di nozze – tutti hanno relazioni felici, a parte me – quindi Géraldine mi ha mandata a controllare che l'agenzia non faccia casini.

«Come chi è? È il modello.»

«Perché ha quella faccia?» domando, riferendomi alle occhiaie, più evidenti delle mie. «Sembra un panda.»

«Sì, è che ha appena finito il turno.»

«Prego?»

«Fa il magazziniere, la notte.»

Nonostante il mio stato di atarassia, provo a mettere insieme i puntini. «Mi stai dicendo che il ragazzo è venuto a lavorare senza aver dormito?»

«Ha bisogno di soldi», risponde, come se non ci fosse nulla di cui stupirsi.

Espiro. «Senti Irene, così non va bene, non siamo mica allo zoo. Lo *shooting* si rimanda. Fate dormire quel poveraccio e organizziamo il servizio fotografico quando il modello ha il giorno di riposo in magazzino». Irene mi guarda con sufficienza, probabilmente maledicendomi perché sto piantando grane. «È chiaro?» aggiungo in un tono che non ammette repliche.

Irene annuisce e si allontana a dare disposizioni.

La vecchia Olivia avrebbe risolto il problema, coprendo le borse di questo poverino con strati di correttore e completando l'incarico nei tempi stabiliti, ma la nuova Olivia è troppo stanca. Troppo a pezzi. Troppo sopraffatta.

Ho imparato ad avere rispetto per chi è stremato: se qualcuno, ora, provasse a mungermi come una mucca sfruttata in un allevamento intensivo per raggiungere i suoi obiettivi, senza tenere conto del mio stato, lo prenderei a calci nelle parti basse con le mie Louboutin.

Ho scoperto che andare dritti alla meta è importante, purché durante la corsa non si travolgano persone, cuori.

Scaccio il doloroso pensiero ed esco dallo studio fotografico. L'aria di settembre è leggermente frizzante, mi solletica il naso quasi a ricordarmi che l'autunno è dietro l'angolo.

Non so che cosa fare della mia vita; mi sento svuotata, priva di un proposito. Senza esserne del tutto conscia, inizio a vagare per le viuzze intorno a Sant'Ambrogio e mi trovo davanti all'ultimo posto in cui mi sia mai recata per ricevere conforto: la galleria di mia madre.

****

Mamma ha preparato un tè verde e mi ha invitata a sedermi nel suo ufficio. La galleria è costellata di opere inquietanti, che ritraggono per lo più faccioni con occhi sbarrati e denti d'oro: si tratta delle opere di un artista emergente, che combina tecniche surrealiste con immagini da fumetto. Per me, "surreale", è che ci siano persone disposte ad appendere una cosa simile in salotto, ma non provo nemmeno a iniziare una conversazione con mia madre su questo argomento.

A volte mi sembra un miracolo che io e Vittorio siamo diventati due adulti normo-felici, considerati gli stimoli visivi ansiogeni di cui ci ha costantemente circondato mamma e la musica tenebrosa propinata da papà.

Quando mia madre ha aperto la porta della galleria, mi sono sciolta in lacrime. Per la prima volta nella mia età adulta, mi ha abbracciato.

E io ho vuotato il sacco.

Le ho detto tutto: di me e di Leo, della nostra storia, di come – anche se siamo stati insieme appena un mese – non mi sia mai sentita così.

«Non sopporto vederti star male, ma sono felice tu sia venuta da me. Non l'avevi mai fatto.»

È vero; mia madre è l'ultima persona al mondo da cui mi sia mai sentita capita. Di solito le racconto delle mie storie, ma solo la parte felice, mai l'epilogo.

Cade un breve silenzio imbarazzante.

«Vuoi sapere che cosa penso?» chiede, continuando a sedere alla scrivania, con la sua espressione inintelligibile.

Annuisco: sono sorpresa abbia un'opinione in merito. Ho sempre avuto l'impressione che, nonostante il nostro legame biologico, quel che succede nella mia vita non le sia mai veramente interessato.

«Tu e Leopoldo non siete incompatibili né destinati a fallire – non lo siete né più né meno di qualsiasi altra coppia. E tu, questo, lo sai molto bene.»

La guardo senza dire niente, invitandola a proseguire.

«Secondo me, hai talmente paura di quello che non conosci che hai allontanato un ragazzo innamorato di te solo perché non ti era mai successo prima.»

Spalanco gli occhi, ovviamente sorpresa dalle idee che mi sta sbattendo in faccia.

«Sei una persona così intelligente, così sensibile da risultare contorta. Probabilmente mi fraintenderai, ma credo che lo schema delle tue precedenti relazioni ti desse sicurezza, in qualche modo, perché era conosciuto.»

«Stai dicendo che mi mettevo apposta con ragazzi disinteressati a me per auto-sabotarmi?»

«Come immaginavo, hai frainteso il mio discorso. Sto dicendo che la relazione con Leopoldo ti ha stranita perché ha seguito uno schema completamente diverso dai precedenti – quello in cui sei tu a rincorrere un ragazzo, fai di tutto per farti accettare e poi vieni abbandonata. E l'ignoto di questo modello ti ha spaventata ancora più che la possibilità stessa di essere lasciata.»

Continuo a osservarla in silenzio, provando a riflettere.

«Sai che ho ragione, altrimenti perché saresti venuta proprio qui, ora?»

«Che intendi dire?»

«Hai cercato il mio parere perché – lo sai – hai bisogno di una bella spinta e io ti ho sempre incoraggiata. Ho commesso molti sbagli, ma almeno questo merito mi va riconosciuto.»

«È vero, mi hai sempre spinta; anche troppo», trovo il fegato di ribattere.

«Prego?» domanda stupita.

Sostengo il suo sguardo e, finalmente, trovo il coraggio di dirle quello che non le ho mai detto prima. «Mamma, il tuo modo di fare con me mi esasperava. So che il tuo intento era rendermi più forte, ma il tuo atteggiamento ha sortito l'esatto opposto: mi ha fatto sentire debole, inadeguata.»

I suoi occhi sono lucidi. «Lo facevo per aiutarti a superare le tue paure, per pungolarti a confrontarti con te stessa, per spingerti a vedere il mondo da altre prospettive.»

«Lo so! Ma insistevi tanto che mi sembrava una maniera per trasformarmi, per rendermi più degna del tuo amore.»

Emette un sospiro frustrato. «Io e papà amiamo te e Vittorio alla follia, come potreste mai sentirvi non degni del nostro amore?» riflette sconsolata. «Mi dispiace di aver sbagliato, sia con te sia con tuo fratello. Quando siete nati, nessuno mi ha dato il libretto di istruzioni. Papà era perennemente in tournée all'epoca, e, come sai, non potevo contare sull'appoggio della mia famiglia. Ho fatto dei pasticci, lo so, ma ho cercato di fare del mio meglio.»

È la prima volta che io e mia madre parliamo apertamente delle nostre debolezze, delle nostre ferite ancora aperte.

Non avevo mai considerato la faccenda dal suo punto di vista. L'ho condannata duramente, ritenendola eccessivamente assorbita dal suo amore per mio padre, ma mia madre era lontana dalla sua famiglia (una famiglia che l'ha rinnegata!), sola, in un Paese straniero; il suo unico punto di riferimento era papà.

«È per questo che trovi il parere degli altri tanto importante? Perché non ti senti amata da me così come sei? Sembra che ti fidi ciecamente del giudizio altrui, ma non del tuo.»

Le mie lacrime sono l'unica risposta alla sua domanda.

«Mi dispiace, bambina mia. Cerchiamo di rimediare, ti va?»

Annuisco.

«Inizia a credere in te stessa, a farlo davvero, non di facciata. Non ascoltare le critiche di Géraldine, ignora le battute infelici di Ada, non dare peso a ciò che potrebbero credere i tuoi colleghi o i vostri amici... Non deve interessarti nemmeno l'opinione mia e di papà. La verità della vostra relazione, potete saperla solo tu e Leo. Ascolta quella, del resto non ti deve importare.»

Mentre lei parla, capisco che questo è l'unico consiglio che valga la pena ascoltare.

38.   Leopoldo

No. Quello di Olli non era un dramma momentaneo; non era nemmeno il ciclo. Sono passate due settimane e non si è più fatta vedere.

Dopo che me ne sono andato da casa sua, quella sera, ho sperato in cuor mio che sarebbe tornata spiegandomi che il suo "mi sono sforzata" era una frase detta perché ubriaca, sotto effetto di stupefacenti o minacciata da qualcuno, che non lo pensava veramente. Invece, non l'ho più sentita. Non uno "scusa", non un "ho esagerato".

La verità è che ho fatto tutto da solo: ho perso la testa per questa ragazza senza nemmeno sapere come, senza che lei mi corrispondesse. Probabilmente era curiosa a sua volta di vedere come sarebbe andata, forse c'era dell'attrazione, ma nulla di più. Altrimenti, perché nascondere la nostra storia? Non era sicura di me, sicura di noi; non lo è mai stata. E, se non si è convinta vivendoci, che cos'altro avrei potuto fare?

Incontrarla tutte le mattine sul pianerottolo, garrula e felice come se niente fosse successo, era davvero insopportabile, così me ne sono venuto a stare a casa dei miei, che tanto è vuota.

Negli ultimi giorni mi sono limitato ad andare in ufficio e portare fuori Schumi; non ho proprio la forza di fare altro.

Il campanello di casa suona, forse è la consegna di McDonald.

Non giudicatemi, ok? Avevo fame di carne, ma non avevo voglia di uscire di casa a comprarla dal macellaio e, comunque, non ho le energie per cucinare.

Mi trascino fino alla porta, con una mancia per il *rider*.

«Ma che cosa ti è successo?» mi aggredisce un Vittorio seriamente preoccupato. Lui e Greg irrompono nell'appartamento senza tante cerimonie. «Che cosa cavolo ci fai a casa dei tuoi?»

Mi ributto sul divano e chiudo gli occhi, non ho voglia di parlare e spero che spariscano.

«Leopoldo, per favore, puoi dirci che succede?» domanda Greg con più posa, accomodandosi sulla poltrona accanto al sofà.

«Niente. Sono venuto qui per avere un po' di tranquillità; casa mia è un inferno, stanno facendo dei lavori al piano di sopra», mento.

«E perché non hai mai risposto a telefonate e messaggi? Ci siamo preoccupati.»

«Mi dispiace, non sono dell'umore di parlare con nessuno.»

Avverto nel loro silenzio una preoccupazione sincera, anche se cercano di non essere invadenti e non mi tempestano di domande. Non voglio che si allarmino inutilmente, perciò aggiungo: «Vedevo una ed è finita, non l'ho presa bene.»

Torno a chiudere gli occhi, ma non sento nessun commento.

Trascorre qualche secondo prima che Greg azzardi: «Vuoi andare a fare una corsa?»

«No.»

«Una partita di calcetto?» prova Vitto.

«No.»

«Basket?» tenta Greg.

«No.»

Il silenzio cala nuovamente nella stanza. Anche se ho gli occhi chiusi, so che i miei amici si stanno guardando con aria interrogativa.

«Leo… Non sarà che…» rumina la voce di Greg.

«Oddio, tu stavi con mia sorella!» esclama Vitto.

Apro di colpo gli occhi, improvvisamente spaventato. So che stanno per arrivarmi delle botte.

«Mi era venuto il dubbio durante la cena a casa nostra, sai… vi guardavate in modo strano! Ma ho subito scacciato l'idea, mi sembrava fantascienza!»

Mi metto a sedere sul divano, osservando il mio amico: la sua faccia è una maschera di sorpresa e incredulità. «Vitto, ti posso spiegare: avevo intenzioni serie, sai che non avrei mai fatto una cosa del genere senza esserne convinto.»

«Perché l'avete tenuto nascosto, allora?»

Mi stringo nelle spalle: «Lei voleva aspettare per vedere come andasse.»

Entrambi i miei amici sono muti: Gregorio ha la fronte aggrottata, pensierosa; Vittorio è ancora sotto shock.

«Quindi, è stata lei a troncare», afferma Greg.

Il mio sguardo di patimento è una conferma sufficiente.

«Mi dispiace, Leo», risponde Vitto. «Davvero. Mi sembra già tremendo che tu, volontariamente, abbia scelto di stare con mia sorella, ma che lei ti faccia persino soffrire… ha proprio dell'incredibile.»

«Che cosa hai fatto per riprendertela?» indaga Greg.

«Nulla, ovviamente.»

«Beh, ma sei un imbecille», mi riprende Vittorio, nelle nuove vesti di maritino dell'anno. «Non è così che si convince una donna.»

«Stiamo parlando di una relazione, non devo mica venderle un'aspirapolvere, che la devo convincere.»

«Le donne amano essere rincorse», constata Gregorio.

«Tu hai rincorso Fabiana, dopo che ti ha mollato senza ragione?»

«No, ma che c'entra? Fabiana è il male nel mondo; Olli, invece, è solo un po' insicura», la difende Vittorio.

Questa conversazione mi sta facendo bene, mi sta facendo montare dentro un'incazzatura che non ero ancora riuscito a provare. In questi giorni sono stato talmente giù da leggermi una di quelle psico-bubbole sull'accettazione della fine di una relazione e diceva chiaramente che senza la rabbia non si va da nessuna parte.

«Beh, te lo giuro, Vitto, ce l'ho messa tutta. Guardate, non potete immaginarvi che cosa mi ha fatto passare quella lì». Mi alzo in piedi, sentendomi improvvisamente claustrofobico su questo divano. «Mi ha… mi ha torturato con maschere e cerotti per i punti neri, mi ha depilato, mi ha portato al concerto di Fiorella Mannoia… Ma dico, io, più che sottopormi a queste torture, come potevo dimostrarle il mio amore?» confesso, con un tono di voce più alto del previsto.

«Oh, cazzo. Hai detto amore?» chiede Vittorio, strabuzzando gli occhi.

«Sì, ho detto amore. 'Fanculo l'amore, 'fanculo i sentimenti», brontolo, entrando in quella che era camera di mio fratello Manfredi e prendendo i suoi rollerblade. «È giovedì, vado al Critical Mass», annuncio, tornando in salotto e sedendomi per calzare i pattini. «Grazie mille di essere venuti qui, avevo bisogno di tornare almeno un pochino in me.»

«Ci vai così?» domanda Greg, indicando i pantaloni del pigiama scozzese che indosso.

«'Fanculo la moda», sbraito, prima di chiudermi la porta alle spalle.

39. Olivia

Tempo di tornare a casa a piedi – una bella passeggiata, da via San Maurilio a Paolo Sarpi! – e sono riuscita a mettere in ordine i miei pensieri. Camminare mi ha fatto bene, mi ha permesso di riflettere su tutto quello che avevo tentato di negare.

E, ora che le idee sono molto chiare, ho una certa fretta di rimettere le cose a posto.

Ho combinato un bel casino con Leopoldo: sono stata stupida, impulsiva e non ho tenuto conto dei suoi sentimenti. L'ho accusato ingiustamente per trovare pretesti che avvalorassero la mia scelta di interrompere la nostra relazione, dettata semplicemente dalla paura di essere davvero amata.

Cammino spedita: gli chiederò di perdonarmi, di darmi un'altra chance. Spero sia ancora nelle prime due fasi dell'accettazione della fine di una storia d'amore, perché, se è già approdato alla rabbia, sono fregata.

Salgo di corsa le scale della nostra casa di ringhiera e mi pianto davanti alla porta del suo appartamento: tutte le luci dentro sono spente. Suono il campanello, magari sta dormendo, ma non risponde nessuno.

Invoco Schumacher, che solitamente guaisce quando sente il suo nome.

Niente.

Telefono subito a Leo, ma squilla a vuoto.

Chiamo Adelaide, che risponde solo al tredicesimo squillo: pessimo segno.

«Ada, ti prego, dimmi che quella stronzetta non è uscita con l'amore della mia vita.»

«Ciao Olli… Cosa stai dicendo, non capisco.»

«La Hillary Duff dei poveri, dov'è?» domando con il DNA siciliano che rimonta.

«Stai parlando di Ilaria?»

«Lei.»

«Oh, è tornata in Australia. Ma chi è l'amore della tua vita? Sono confusa.»

Le butto giù, domani le chiederò scusa. Adesso ho solo bisogno di parlare con Leopoldo.

Mi auguro che, a parte quell'Ilaria dei miei stivali, non ci siano altre sciacquette che gli orbitano attorno; e, soprattutto, che non sia lui a gironzolare intorno a qualcuno.

Sto sragionando, non va bene. Devo tornare lucida.

Mi resta un'ultima carta da giocare: chiamare i suoi due migliori amici. Escludo immediatamente mio fratello, non se ne parla proprio; opto per Greg.

«Hey, Gregghi», dico con una voce fintamente allegra quando risponde. «Come stai?»

«Leo è al Critical Mass; partono alle 10 da piazza dei Mercanti.»

«Ti adoro, grazie.»

«Figurati! Hai biso...»

Non sento più nulla. Guardo il cellulare e mi rendo conto che mi ha abbandonata nel momento in cui avevo più bisogno di lui, la batteria si è scaricata. Lo scaravento nella borsa e parto.

***

L'impresa è risultata più ardua di quanto immaginassi. Nonostante Leopoldo mi abbia più volte assicurato che a Milano ci sono miliardi di modi per spostarsi, non ho la tessera per nessun servizio di *sharing* – nelle poche settimane di relazione, ho utilizzato le sue –, il telefono scarico non mi ha permesso di iscrivermi a nessuna app, non ho l'abbonamento dell'ATM e provare a fare il biglietto della metro è stato fallimentare: non ho monete con me e l'unica macchinetta che accettava carte di credito era fuori uso.

Mi è toccato percorrere quasi tre chilometri a piedi e per fortuna sono arrivata pochi minuti prima della partenza.

Giunta in piazza Mercanti, mi scoraggio: è gremita di persone, rintracciare Leo sarà più problematico del previsto.

«Quindi, non vieni?» sento un ragazzino strillare al telefono accanto a me. «Ah, ok. Va beh, dai, ho capito. Bella, ci vediamo domani a scuola.»

Attira subito la mia attenzione: lui ha due mezzi con cui unirsi alla folla, io nessuno.

«Scusa, bambino, sei qui per prendere parte al raduno?»

Mi osserva con sguardo vuoto. «Ero venuto per far vedere come vado sullo skate a una tipa, ma mi ha dato buca.»

«E quelli?» domando indicando i rollerblade che ha in mano.

«Li avevo portati per lei, così mi seguiva.»

«Perciò non ti servono più, giusto?»

«È inutile, ti ho detto che mi ha balzato», ripete con voce stridula.

«Va bene… Allora, posso prenderli in prestito? Che taglia sono?»

Mi guarda scettico. «37. Ma chi mi dice che non sei una pazza e me li vuoi scavallare?»

Il suo modo di parlare mi disturba, però mi sforzo di ignorarlo per arrivare dritta alla meta.

«Sono un'influencer, ho 30.000 follower su Instagram, puoi controllare se non ti fidi: "roman_olive" è il mio profilo. Come donna e influencer, ti do un consiglio: alla tua amica non frega nulla di ammirarti mentre vai sullo skate; è una cosa che tu pensi ti possa rendere figo, ma annoierà a morte lei – lo so, perché sono stata con uno skater. Ora, se volessi essere così gentile da lasciarmi i tuoi pattini, io potrei darti due biglietti VIP con accesso al backstage del concerto di Ariana Grande la prossima settimana, oltre ovviamente a restituirti i roller, che – ti assicuro – dopo stasera non userò mai più.»

Evidentemente, sono molto convincente; mentre parlo, lui inizia a seguirmi su Instagram e mi manda un messaggio con i suoi recapiti per inviargli i biglietti del concerto. «Grazie signora. Ho anche il caschetto e le ginocchiere, se non è esperta le conviene metterli, signora», mi informa, estraendoli dallo zainetto.

Cerco di non crollare sotto il peso del suo appellativo e inizio a indossare tutte le protezioni possibili, mentre medito su modi per trovare Leopoldo in questo mare di gente; mi toccherà chiedere alle persone più vicine a me se lo conoscono man mano che il corteo procede oppure creare una specie di telefono senza fili che lo raggiunga.

Mi siedo sui gradini di Palazzo dei Giureconsulti per calzare i rollerblade, che sono due numeri più piccoli della mia taglia. Mi rimetto in piedi, con le dita arricciate dentro queste tenaglie, scomoda ma pronta a partire.

C'è solo un problema: non ho mai usato i pattini fino ad ora.

40. Leopoldo

Avevo quasi dimenticato la sensazione di pattinare veloce, con il vento tra i capelli. Non guardo niente, non sento niente. Mi concentro solo sulle endorfine che, poco a poco, salgono; sulla serotonina che, poco a poco, mi fa sentire meglio.

Ormai siamo in corso Buenos Aires, quando un vecchio con la coda di cavallo mi sorpassa in bici: «Ehi, amico, la tua pollastrella ti sta cercando. È in coda al corteo che frigna disperata.»

Sbatto le palpebre più volte per assicurarmi di non avere le allucinazioni; mi sembra di aver già visto questo tizio.

«Ci siamo incrociati in Corsica, al Bagno nella Foresta, ricordi? Che esperienza da pazzi», continua.

«Tu sei il Vecchio Wayne!» esclamo, stupito, riconoscendo lo strano figuro che si aggirava a Corte, a cui avevo mentalmente dato un nome di mia invenzione.

«In persona. Non ricordavo di essermi presentato! Comunque, va' a recuperare la tua donna, sta creando problemi anche qui», dice, prima di sorpassarmi, continuando a pedalare.

Che matto, il Vecchio Wayne! Qualunque sostanza utilizzi per andare così fuori di testa, riesce a strapparmi un sorriso dopo giorni di malumore.

Continuo a sfrecciare veloce, fino a quando non sento una voce piagnucolosa invocare: «Leo, ci sei? Non voglio morire!» e la mia visione periferica viene catturata da una stranissima figura che mi scivola accanto. Olli, con caschetto, ginocchiere e gomitiere, si sta facendo trascinare da un ragazzino sullo skateboard. È aggrappata a lui come un koala a un albero di acacia e tiene gli occhi chiusi, strizzati, per non vedere dove potrebbe schiantarsi.

«Olli, ma ti sei rincretinita? Così rischiate di ammazzarvi!» Faccio cenno al ragazzino di seguirmi sul marciapiedi.

Una squilibrata. Questa donna è una squilibrata completa.

E io devo essere impazzito a mia volta, perché solo vederla mi fa passare qualsiasi forma di risentimento nei suoi confronti.

«Leo!» esclama lei, spalancando gli occhi. «Oddio, Leo, finalmente sei qui!» strilla, lasciando andare il quindicenne e seguendomi.

«Buona fortuna, signora», si congeda il ragazzo.

«Anche a te, Jacopo. Ci vediamo al concerto di Ariana, non vedo l'ora di conoscere Claudia. Grazie del passaggio.»

Scrollo la testa, rinunciando a capire che cosa stia succedendo.

Il ragazzino riparte e io e Olli ci fermiamo davanti alla vetrina accecante di una profumeria.

È instabile sui rollerblade, sta per scivolare e, quindi, stende le braccia verso di me e mi usa come sostegno.

Aggrotto la fronte, confuso. «Mi stavi cercando, immagino, visto che gridavi: "Leo, dove sei?" Cosa volevi dirmi?»

«Volevo parlarti.»

«Ora? Non potevi aspettare un altro momento?»

«No, era importante ti vedessi subito.»

«Non potevi chiamarmi? Dovevi fare la tua solita scenata plateale?»

«Sì, dovevo.»

«Perché?»

Deglutisco per dare sollievo alla gola asciutta. Non so più che cosa aspettarmi: è qui, sostiene di aver bisogno di parlare, ma si limita a pochi monosillabi.

«Perché forse è già troppo tardi.»

«Per cosa? Devo tirarti fuori una parola per volta?»

«È che non so come dirlo… Difficilmente resto senza parole, lo sai?»

«Lo so, purtroppo lo so molto bene.»

Finalmente mi guarda negli occhi. «Ma, a quanto pare, tu hai persino questo potere su di me.»

Serro le braccia al petto, agitato. Sto in silenzio, le do tempo di raccogliere le idee; lo vedo, anche lei è nervosa.

«Scusa, il cuore mi batte a mille… Non sai cosa ho fatto per venire qui: ho camminato per chilometri, ho corrotto un adolescente e ho rischiato la morte facendomi trainare con queste tenaglie ai piedi. Adesso ho un po' di tachicardia». Inspira a fondo. «Il fatto, Leo, è che sono innamorata di te, ne sono convinta. Mi dispiace di aver voluto tenere nascosto il nostro rapporto e di averti ferito. E mi dispiace di aver compromesso la relazione con l'unico uomo che abbia mai amato.»

«Perché l'hai fatto?»

«Psico-bubbole, credo. Lasciando da parte i miei labirinti mentali… non voglio perderti, Leo. E non solo perché mi fai stare bene, mi dai sicurezza, mi fai sentire protetta e amata – sensazioni per me del tutto nuove – ma perché sono innamorata di te: della tua semplicità, della tua spontaneità, della tua generosità.»

Il mio petto si apre, improvvisamente libero, improvvisamente capace di tornare a respirare. «Quindi?» le chiedo con un sorriso, che lei non vede, intenta a fissarsi la punta dei rollerblade.

«Quindi, sono venuta a dirti che, anche se non mi vuoi più, i miei sentimenti non cambieranno», afferma, rimettendosi a piangere. «Se pensi che non possa renderti felice – nonostante io voglia… Oh, Leo, vorrei tanto! Ma, se credi non sia possibile, lo accetterò; desidero il tuo bene. Se non sono io, allora ti aiuterò a trovare qualcuno perfetto per te.»

«Stai delirando», ho solo la forza di dire.

«Sì, forse… Ma, comunque… Leo, ti rendi conto che sei in pigiama?» farnetica tra i singhiozzi, indicando i miei pantaloni.

«E tu, ti rendi conto di quante sciocchezze escono dalla tua bocca?»

Solleva gli occhi su di me, due fontane barocche, e annuisce.

«E, allora, sai qual è l'unica cosa da fare?» Scivolo piano verso di lei.

«Quale?»

Le circondo la vita e la stringo forte a me. «Tappare questa boccaccia che ti ritrovi.»

Mi chino per assaporare di nuovo le sue labbra. Non sapevo si potesse sentire tanto la mancanza di qualcosa. Di qualcuno.

La bacio per trasmetterle tutto il mio amore, tutta la fiducia che ho in lei, in noi.

Olli si stacca dopo diversi minuti per riprendere fiato. «Quindi… Non sei più arrabbiato? Siamo ancora una coppia?»

«Quando non siamo stati una coppia?» domando, sorridendo. Le scosto il ciuffo di capelli che, da sotto il caschetto, le ricade sulla fronte e, a voce bassa, le sussurro l'unica verità che posso dire solo a lei: «Forse non hai capito: sono roba tua.»

Dal campionario dei momenti felici di Olivia e Leopoldo

La città è un ingorgo unico; tutti si affrettano a raggiungere i propri cari per festeggiare la vigilia di Natale e uscire da Milano non sarà semplice.

«Che noia, questo traffico», sbuffa Olivia, seduta immancabilmente sul sedile destro della station wagon. Sono fermi da ormai dieci minuti buoni e niente fa sperare che la coda si smuoverà a breve.

Leopoldo la osserva con un sorriso paziente. «Capisci perché il Critical Mass è così importante? Se tutti raggiungessero le proprie famiglie in metropolitana, a quest'ora saremmo già arrivati alla nostra destinazione.»

«Anche noi siamo in macchina, però», gli fa notare Olivia.

«Noi stiamo andando in Lomellina, non ci stiamo spostando da un quartiere della città all'altro.»

«Vero; e avremmo potuto andarci in treno, come ho insistentemente suggerito.»

«Mi fa impazzire che sei diventata una fan del trasporto pubblico», sorride Leopoldo. «Non saremmo riusciti a spostarci in treno con Eloisa, Schumi e Holly Golightly, i regali per la tua famiglia, la mia, Greg e tutti i bambini.»

«Shhh. Eloisa non sa che li stiamo portando noi, i regali», dice Olivia, indicando la cucciolotta che è ben legata al seggiolone dietro di loro.

«Dorme, non vedi?»

«Probabilmente sta fingendo, curiosa e furbetta com'è.»

«Tale e quale la mamma», constata lui.

Sono sposati da quasi quattro anni, sono diventati genitori da tre. Olivia sente buffe danze di farfalle nello stomaco ogni volta che osserva suo marito e la loro splendida figlia.

«Grazie di esserti occupata dei regali per i miei, quest'anno.»

«Figurati, mi ha fatto piacere», lo tranquillizza Olivia, intenta a specchiarsi per controllare che il trucco non abbia sbavato durante la snervante attesa.

«È stato difficile trovare la maglia da jogging termica per mia madre? E i pantaloncini da ciclismo per mio padre?»

Olivia richiude lo specchietto e lo guarda con aria colpevole.

«In realtà, mi sono orientata su qualcos'altro.»

«Olli...» comincia a lamentarsi Leopoldo.

«Lo so, voi avete il vostro sistema, ma che razza di sorpresa è se già se l'aspettano?» prova a farlo ragionare.

«Beh, si può sapere che cosa hai preso?»

«Certo! Dunque, per tuo padre ho comprato un set di candele profumate e olii essenziali da bagno.»

«Che regalo è? Mio padre non lo fa mai, il bagno, è una perdita di tempo; solo doccia.»

«Vedrai, cambierà idea.»

«E per mia madre?»

«Per tua madre non ho saputo resistere: ho visto un *baby-doll* di La Perla che le starà un incanto.»

«*Baby-doll*? Che diavolo è?»

«È una specie di camicia da notte molto corta, con mutandine abbinate.»

Leopoldo strabuzza gli occhi. «Sei uscita di senno? Non possiamo regalare una cosa simile a mia madre.»

«Perché no? Guarda che è bellissimo! Allora, ha lo scollo così, a "v", poi sotto il seno si apre, è tutto di pizzo nero, che fa un po' "vedo-non vedo"; starà benissimo con la sua carnagione. E vedrai come sarà felice tuo papà!»

«Olli, mi stai mettendo in serio imbarazzo.»

«Su, mica crederai che i tuoi siano asessuati, no? Anzi, visto che vivono lontani per la maggior parte dell'anno, scommetto che quando sono insieme fanno fuoco e fiamme.»

«Amore, ti prego, mi stai facendo sentire male! Ci tireranno dietro i pacchi, li odieranno.»

«Sciocchezze, li adoreranno.»

«Ti dico di no, a loro non piacciono le sorprese.»

«E io ti dico che, invece, ne andranno matti.»

***

L'accogliente agriturismo di Adelaide ospita per Natale cattolici, buddisti, musulmani e atei. Olivia e Leopoldo si trovano a festeggiare con la famiglia più bella e unita in cui potessero sperare: quella che non è fatta solo di legami di sangue, ma di scelta, di amicizia, di condivisione.

Mentre è in cucina a caricare la lavastoviglie, Olivia si concede di rivivere le principali tappe dell'anno che sta volgendo al termine. I traguardi professionali, le gioie di essere madre, la crescita costante e arricchente che lei e suo marito compiono quotidianamente, come individui e come coppia.

«Sei riuscita a sorprendermi anche oggi». La voce dell'orco della sua vita la riporta alla loro realtà da sogno. «A mamma e papà i tuoi regali sono davvero piaciuti.»

Olivia si volta a guardarlo, radiosa. «Te lo dicevo!»

«Grazie di averglieli dati prima, a parte; temo si sarebbero imbarazzati altrimenti.»

«Perché avrebbero dovuto? Sono una bellissima coppia, si amano e... probabilmente stanno già usando i nostri doni, in una delle camere al piano superiore.»

«Amore, ti prego; basta così.»

Olivia ride, divertita nel mettere in imbarazzo il suo uomo. «Sempre a lamentarti, quando sei così fortunato.»

Leopoldo le circonda la vita ingrossata dai primi mesi di gravidanza e la bacia. «Lo sono.»

«Sei pronto ad andare in scena? I bambini ti attendono», li interrompe Adelaide, entrando in cucina e porgendo al cognato il costume da Babbo Natale che lui, Vittorio e Gregorio si alternano da quando hanno iniziato a fare gara a chi genera più figli.

Pochi minuti dopo, Babbo Leopoldo fa ingresso nel grande salone dove i bambini aspettano trepidanti la consegna dei loro regali. «Oh, oh, oh», si fa strada, mentre uno stuolo di pargoli lo assale.

«Ve lo dicevo che Babbo Natale veniva», esclama Orlando, che, valorosamente, sta in testa a tutti. Nuh e Raja, i gemelli di Adelaide e Vittorio, lo seguono a ruota, temerari e impazienti di ricevere i loro doni. Eloisa, invece, sta in disparte e osserva con occhi curiosi il grande uomo vestito di rosso.

«Dov'è papà?» chiede a sua madre, che, seduta in terra, la invita a farsi avanti per riscuotere la sua parte di regali.

«Ora torna; è fuori a controllare l'auto». Olivia sorride alla versione canuta di Leopoldo, che pian piano si avvicina alla loro bambina.

«E tu, piccina, non vuoi sapere che cosa c'è per te?» dice Leopoldo, sforzandosi di modificare la voce e agitando il sacco di iuta con i giocattoli.

Eloisa scuote la testa, ma, titubante, si avvicina al gigante buono. Gli afferra le mani e le osserva a lungo.

«Tu hai tanti peli sulle mani, come il mio papà», squittisce infine, dopo un attento esame.

Leopoldo sospira tra la finta barba di fibra sintetica e guarda la moglie che aggrotta la fronte in un tipico monologo privo di audio: "Hai visto? L'ho sempre detto che dovresti depilarti". Lo sa: appena torneranno a casa, Olivia userà questa storia come pretesto per sottoporlo a una ceretta.

Ma, in fondo, è un piccolo prezzo da pagare per tanta felicità.

Nota sul titolo

Il titolo scelto per questo libro è il verso di una poesia in cui mi sono imbattuta per caso. Sul web è spesso attribuita al poeta latino Properzio, ma la reale paternità è dubbia. Una breve ricerca non mi ha permesso di capire chi sia il vero autore di questa poesia, di cui, per altro, circola solo la versione italiana.

È un componimento breve ma molto efficace; mi ha colpito perché, nel leggerlo, mi è sembrato di percepire l'essenza della storia d'amore che ho cercato di raccontare in questo romanzo.

> «È un amore impossibile» – mi dici.
> «È un amore impossibile» – ti dico.
> Ma scopri che sorridi se mi guardi,
> e scopro che sorrido se ti vedo.
> «Di notte» – tu confessi – «io ti penso… Ti
> penso giorno e notte, e mi domando se stai
> pensando a me, mentre ti penso.
> … La società, le regole, i doveri… ma tremi
> quando stringo le tue mani.»
> «Meglio felici o meglio allineati?» – ti chiedo.
> E il tuo sorriso accende il giorno, cambiando

veste ad ogni mio pensiero.
«Questo amore è possibile» – ti dico.
«Questo amore è possibile» – mi dici.

Ringraziamenti

Grazie a te, che hai letto questa storia! Spero che le avventure di Olivia e Leopoldo ti abbiano fatto dimenticare per un istante le difficoltà della vita vera e che, magari, ti abbiano messo un po' di buon umore.

Mi sono divertita tantissimo a scrivere e il supporto che ho ricevuto è stato commovente.

Ringrazio mia sorella Georgia, cui dedico questo romanzo. Anche stavolta, è stata la prima lettrice e, con i suoi suggerimenti e le sue critiche costruttive, mi ha aiutato a far progredire la storia di Olivia e Leopoldo, pungolandomi quando la pigrizia prendeva il sopravvento sulla motivazione.

Giulia, per aver pazientemente accolto le mie richieste e aver dato vita alla bellissima illustrazione di copertina.

Ludovica e Alessandro, che, oltre a sopportare e incoraggiare i miei colpi di testa da venticinque anni, sono stati degli indulgenti consulenti tecnici. Insieme a loro, tutti gli amici e parenti che, appena letto il primo romanzo, mi hanno chiesto: «E il prossimo?» Il loro entusiasmo è stata un'incredibile spinta a proseguire i miei esperimenti.

Francesca, per i suoi aneddoti tanto spassosi da diventare inevitabilmente fonte di ispirazione.

Il mio compagno e i miei genitori che, immancabilmente, mi sostengono in ogni impresa, folle o sensata che sia.

Indice

CALAMITÀ D'AMORE

Le storie d'amore, si sa, sono sempre un gran casino. Soprattutto quando si è geneticamente programmati per portare scompiglio ovunque si vada. È il caso di Agnese, trentenne pasticciona, insofferente cronica, che continua a cambiare lavoro come se l'avesse morsa una tarantola. Ma a lei va bene così, perché è convinta sia questa la strada per trovare la felicità. Le sue poche, confuse e ostinate idee vacillano quando si trova costretta a dover accettare l'ultimo incarico al mondo che sarebbe in grado di portare a termine: l'assistente personale del metodico e disciplinato Ingegner Mecca. Tra inconvenienti molto poco professionali, situazioni imbarazzanti e bagni in acque internazionali, Agnese continuerà a cercare il giusto punto di partenza. E, se avrà abbastanza coraggio da buttarsi, potrebbe anche conquistare l'uomo dei suoi sogni.

www.ingramcontent.com/pod-product-compliance
Lightning Source LLC
Chambersburg PA
CBHW051949150726

47999CB00004B/1317